Ta-Ra Sunrise

Rasa yang Belum Usai

RASA YANG BELUM USAI
Ta-Ra Sunrise
Hak Cipta © Ta-Ra Sunrise
Penyunting : Ikhwanul Halim
Desain Sampul & Tata Letak : Tim Pimedia
Diterbitkan oleh PIMEDIA Bandung
Cetakan pertama, Januari 2021

Perpustakaan Nasional RI. Data Katalog dalam Terbitan (KDT)
Ta-Ra Sunrise
 Rasa yang Belum Usai / TaRa Sunrise ; penyunting, Ikhwanul Halim. - Bandung : Pimedia, 2021.
 vi, 206 hlm. ; 19 cm.
 ISBN 978-623-94522-8-5
  1. Fiksi Indonesia. I. Judul. II. Ikhwanul Halim.
                                                  899.221 3

Hak cipta dilindungi undang-undang. Dilarang memperbanyak atau memindahkan sebagian atau seluruh isi buku ini ke dalam bentuk apa pun, baik secara elektronik maupun mekanik, termasuk memfotokopi, rekaman, dan lain-lain tanpa izin tertulis dari penerbit.
Dicetak oleh PIMEDIA Bandung.
Isi di luar tanggung jawab percetakan

Sebuah karya yang sederhana ini, saya persembahkan untuk suami dan kedua putri saya. Khususnya untuk para pembaca karya saya, begitu banyak terima kasih untuk kalian. Tanpa mereka saya bukan siapa-siapa.

❁ Kata Pengantar

Alhamdulillah, puji syukur atas kehadirat Allah SWT. Karena dengan limpahan rahmat dan karunia-Nya, saya dapat menyelesaikan novel ini dengan baik.

Novel yang menceritakan tentang ketulusan cinta dan persahabatan. Tentang bagaimana menjaga banyak hati supaya tidak ada yang tersakiti karena keegoisan diri.

Semoga isi novel ini bermanfaat dan memberi hikmah bagi para pembacanya.

Penulis

Daftar Isi

Kata Pengantar iv
Daftar Isi v
Bab 1 1
Bab 2 7
Bab 3 13
Bab 4 20
Bab 5 27
Bab 6 33
Bab 7 39
Bab 8 46
Bab 9 53
Bab 10 59
Bab 11 66
Bab 12 73
Bab 13 79
Bab 14 86
Bab 15 93
Bab 16 99
Bab 17 106
Bab 18 112
Bab 19 118
Bab 20... 125
Bab 21 131
Bab 22..137

Bab 23 144
Bab 24 150
Bab 25 157
Bab 26 163
Bab 27 169
Bab 28 175
Bab 29 181
Bab 30 188
Bab 31... 195
Tentang Penulis 201

🌼 Bab 1

Siska menatap langit-langit kamar, malam belum terlalu larut tapi tubuhnya sudah merasa kelelahan. Meskipun begitu bibirnya melengkungkan senyuman, dia tidak sabar menunggu besok.

Dilihatnya Farhan yang masih berkutat dengan pekerjaannya. Suaminya itu memang seorang pekerja keras, tapi meskipun begitu dia adalah laki-laki yang perhatian dan menomorsatukan keluarga. Baginya keluarga adalah segalanya, itulah yang membuatnya begitu merasa bersyukur menjadi istrinya.

"Pa ... besok teman Mama mau berkunjung ke sini, boleh?"

Farhan yang lagi mengetik langsung mengerutkan keningnya. "Tumben minta izin, biasanya juga enggak pernah. Ada apa?" tanyanya tanpa mengalihkan pandangan.

"Yang mau ke sini itu teman facebook Mama."

"Siapa?"

"Kinanti, Pa. Penulis yang bikin novel *Air Mata Disti*."

"Enggak kenal."

Siska bangun dan membuka laci meja riasnya. Disodorkannya novel dengan sampul bergambar bunga matahari itu kepada Farhan. Farhan hanya melihat sekilas dan matanya menangkap Siska yang kembali berbaring.

"Ini novel yang membuat Mama *nangis* selama berminggu-minggu, kan?"

"Ih, *lebay!* Enggak selama itu juga kali *nangisnya,*" sungut Siska.

Farhan tertawa kecil. "Iya boleh, cuma berkunjung, kan? Enggak *nginep?*"

Siska tersenyum lalu mengangguk. "Iya. Eh, tapi *kalo* mau *nginep* juga enggak apa-apa."

"Ih, janganlah, Ma. Baru kenal juga, masih gadis apa sudah menikah dia?"

"Masih gadis, Pa."

"Cantik?"

"Cantik. Eh, maksudnya apa ini?" Siska menoleh ke arah suaminya.

"Enggak ada maksud apa-apa. Teman Mama itu gadis, cantik lagi. Apa enggak takut laki-laki tampan ini ditaksir sama dia?" ujar Farhan sombong.

Siska mencebik. "Percaya diri banget."

Farhan tertawa hingga terbatuk mendengarnya, diraihnya gelas yang berisi air putih lalu diteguknya sampai habis.

"Novelnya itu sedih banget lho, Pa." Siska berucap dengan mata menerawang.

"Memangnya cerita tentang apa, sih?" tanya Farhan sedikit penasaran.

"Tentang kasih tak sampai."

"Coba ceritakan!" perintah Farhan tetapi jarinya tetap berada di atas *keyboard*.

"Ceritanya ada seorang gadis bernama Disti, dia itu punya kakak kelas yang tampan bernama Arya. Mereka sama-sama mencintai, tetapi Disti sadar diri akan status sosial mereka. Terlebih ada seorang gadis yaitu sepupu Arya yang juga mencintai laki-laki itu," jelas Siska dengan suara yang melemah.

"Lalu?" Farhan menoleh saat Siska tidak melanjutkan ceritanya. Dia mendesah saat dilihatnya Siska sudah tertidur. Farhan beranjak, dibetulkannya selimut yang tidak sempurna menutup tubuh istrinya.

Farhan melihat bungkus pil di atas nakas, sudah setahun belakangan ini Siska mengkonsumsi obat pereda nyeri kepala. Sakit yang dirasakannya berbeda dengan sakit kepala biasa, entahlah, Siska sendiri tidak bisa menjelaskannya. Mereka sudah berobat ke beberapa dokter tapi tetap saja belum ada perubahan.

Siska merasakan pusing hanya di malam hari saja. Pernah satu kali dia menahan untuk tidak menelan obat, dia berharap bisa tidur tanpa bantuan apapun. Tapi justru membuatnya semakin kacau bahkan berhalusinasi.

Farhan menghela napas panjang, dibelainya rambut sang istri. Dikecupnya kening Siska lalu dia kembali menghadap layar komputer. Dilihatnya jam sudah menunjukkan pukul sembilan malam.

***

"Pa, nanti pulangnya jangan terlalu sore, ya," ujar Siska sambil tangannya terus mengaduk nasi goreng untuk mereka sarapan.

"Memangnya kenapa, Ma?" tanya Farhan. Ditiupnya gelas yang berisi kopi hangat lalu diminumnya perlahan.

"Hari ini kan teman Mama mau datang."

Farhan mengangkat alisnya heran. "*Lha*, teman Mama yang mau datang kok Papa yang disuruh pulang cepat?"

"Ya Mama mau *ngenalin* ke Papa, gitu maksudnya."

"Halah, enggak usahlah. Kayak artis aja, *lagian* hari ini Papa sibuk."

Siska menghela napas, nasi goreng yang dimasaknya tadi dipindahkan ke dalam mangkuk besar. Mereka sarapan tanpa mengobrol, Farhan makan dengan sedikit terburu-buru.

Saat Farhan selesai sarapan, Siska beranjak dari duduknya dan mengambil tas kerja suaminya, mereka beriringan keluar dari ruang makan. Sebelum mereka sampai di teras, Farhan mencium kening istrinya.

"Hati-hati di rumah." Siska mengangguk.

Siska menunggu di belakang pagar sampai mobil suaminya hilang di tikungan. Dia berbalik dan mendapati beberapa tanaman mawarnya berkembang dan menebarkan aroma wangi yang bercampur sejuknya udara, karena subuh tadi gerimis kecil.

Senyumnya mengembang ketika mengingat jika nanti sahabatnya akan datang berkunjung. Sudah lama dia menunggu hari ini.

***

Dari dapur tercium aroma pandan dan mentega. Siska sedang memanggang kue saat suara klakson mobil terdengar dari depan rumahnya. Dengan cepat dia membersihkan tangan dan melepas celemek.

"Lho, Papa? *Kirain* teman Mama," ucap Siska heran saat dia membuka pintu dan mendapati suaminya sedang melepas sepatu.

"Memang teman Mama belum datang?" tanya Farhan sambil lalu. Dia berjalan menuju kamar, tetapi langkahnya terhenti di depan pintu saat melihat gelas berisi air sirop berwarna kuning jeruk di atas meja makan. Farhan tergoda melihatnya, tanpa bertanya dia meraih gelas itu.

"Eh-eh, itu buat tamu, Pa!" ujar Siska sedikit berteriak.

Bibir Farhan yang sudah menyentuh bibir gelas, hanya melirik sekilas kemudian meneruskan laju air sirop dan menghabiskannya.

"Tanggung, Ma. Buat lagi aja, ya." Farhan menowel dagu istrinya yang cemberut. Lalu dia berjalan masuk ke dalam kamar dan tidak lama dia keluar dengan membawa sebuah map berwarna hijau.

"Papa pergi lagi ya, Ma."

Siska melihat jam di dinding sudah menunjuk ke angka dua lewat empat puluh lima menit. "Enggak nunggu Ashar dulu, Pa?"

"Enggak, Ma, mau *cepet* ini. Oh, ya, mungkin Papa pulang habis magrib."

Baru saja Siska hendak membuka mulutnya, bel rumahnya berbunyi.

"Pa, mungkin itu Kinanti, tolong *bukain* pintu ya. Mama mau ganti baju dulu, enggak enak ini, lengket bau asap." Siska segera masuk kamar.

Farhan berjalan menuju ruang tamu, dari dalam dia bisa melihat seorang wanita yang mengenakan gamis dan jilbab dengan warna yang senada tengah berdiri menghadap kebun bunga mini yang dibuat oleh Siska.

Wanita itu menoleh saat pintu terbuka. Tangan Farhan yang masih memegang gagang pintu menjadi pucat, tangannya menjadi dingin.

"A-assalamu'alaikum—"

"Dhe-Dhea?"

Bab 2

Farhan menatap wanita di depannya dengan tatapan tidak percaya. Jantungnya berdebar, sementara wanita itu berdiri dengan kepala menunduk dan tangannya meremas ujung jilbab.

"Waalaikumsalam. Lho, Papa, tamunya kenapa enggak diajak masuk?" tanya Siska. Dia tersenyum cerah saat melihat tamu yang ditunggu-tunggunya. Dipeluknya temannya itu dengan erat seolah mereka telah berteman sejak lama dan baru berjumpa setelah sekian lama berpisah.

"Pa, ini lho yang namanya Kinanti," Siska memperkenalkan temannya dengan wajah cerah.

Farhan hanya mengangguk dan tersenyum tipis. Tanpa pamit dia berjalan menuju mobil yang berada di luar pagar. Di dalam mobil dia menarik napas, jantungnya masih saja berdetak tidak karuan.

Segera dia lajukan mobil, meninggalkan rumah yang di dalamnya ada istri dan ... cinta pertamanya.

Farhan tidak menyangka jika Kinanti itu adalah Dhea, gadis manis yang dikenalnya sepuluh tahun yang lalu. Seorang gadis yang mampu memikatnya.

***

Farhan tidak bisa fokus dengan pekerjaannya. Berulang kali dia melakukan kesalahan. Dewi sang sekretaris sudah bertanya apakah dia baik-baik saja dan hanya dibalas dengan anggukan.

Farhan melihat jam sudah menunjukkan pukul tujuh malam. Selepas salat magrib tadi dia tidak langsung pulang, dia ingin sendiri dulu. Semua karyawan sudah pulang sejak dari jam lima tadi, termasuk Hendri, teman sekaligus rekan kerjanya yang sama-sama membangun usaha jasa arsitek.

Dhea, nama itu masih lekat di dalam ingatannya. Jelas sekali gadis itu sama terkejutnya dengan dirinya. Jika saja Siska tidak segera menemuinya, kemungkinan Dhea akan pergi sama seperti dulu. Meninggalkan Farhan dengan sejuta cinta yang masih utuh, tidak berkurang sedikitpun meski dia sudah memiliki Siska di sisinya.

Farhan memijit pelipisnya. Pusing melanda tiba-tiba. rasanya begitu nyeri. Mengingat Dhea seperti memberi garam pada lukanya. Penolakan gadis itu menghancurkan hatinya. Di saat dia mencinta untuk pertama kalinya, saat itu juga dia merasakan sakitnya penolakan.

Nyeri itu masih ada, Dhea. Masih ada.

Farhan meremas-remas rambutnya yang tak lagi rapi. Dengan lesu diambilnya tas dan kunci mobil. Langkahnya gontai menuju pintu.

***

"Malam sekali, Pa, pulangnya?" tanya Siska khawatir. Farhan pulang hampir jam sembilan, tadi dia singgah ke masjid untuk salat isya. Dia sengaja berlama-lama di rumah Tuhan sebab hatinya gundah.

"Tadi Papa salat isya di masjid, karena terlalu asyik zikir sampai ketiduran," jawab Farhan berbohong.

"Idih, *malu-maluin*." Siska segera menyiapkan air hangat untuk suaminya mandi.

"Ma, enggak usah *siapin* makan, ya. Tadi Papa sudah makan di kantor," cegah Farhan saat Siska hendak memanaskan lauk. "Papa habis mandi mau langsung tidur, capek banget ini." Siska hanya mengangguk lalu masuk ke dalam kamar menyiapkan piyama dan pakaian dalam.

Di dalam kamar mandi Farhan menunduk lesu, perasaannya tidak enak karena sudah membohongi istrinya.

***

Farhan melihat Siska sudah tertidur pulas, mungkin reaksi obatnya sudah bekerja. Dipandanginya wajah ayu yang sudah lena itu. Farhan memejamkan mata, ditariknya napas dalam-dalam, mengisi paru-parunya dengan oksigen. Rasa bersalah menguasai hatinya, dia merasa telah mengkhianati istrinya. Wanita tulus dan baik, yang dulu mencintainya dalam diam.

"Aku ingin melamarmu, Siska." Farhan memberanikan diri mengutarakan niatnya.

Gadis itu terdiam, tapi matanya berbinar bahagia. Farhan tahu, sudah lama gadis itu menunggu saat-saat ini. Kesabaran dan ketulusan hatinya membuat Farhan luluh. Dia berhak mendapatkan balasan yang sepadan.

"Tapi ada kisah yang harus kamu tau, karena aku ingin memulai suatu hubungan tanpa ada rahasia." Siska masih terdiam, menunggu Farhan menyelesaikan ceritanya.

Saat itu kantor sudah tutup dia mengajak Siska ke sebuah kafe setelah *meeting* dengan klien dilakukan di tempat yang sama. Ya, Siska adalah sekretarisnya.

"Dulu, semasa SMA aku menyukai seorang gadis. Namanya Dhea, selama dua tahun aku mengejarnya." Farhan diam sejenak, menghirup udara cukup lama. Mencoba meredam gemuruh dalam dada. Baginya sungguh menyiksa mengingat kembali kenangan lama itu.

"Dulu, aku mengira rasaku berbalas, tapi kenyataannya dia menolakku. Maka semenjak saat itu, aku membunuh rasa yang bernama cinta."

Farhan melihat Siska bergeming, dilihatnya wanita itu menunduk saat mata mereka beradu. Wajah ayu tanpa riasan menor seperti sekretaris kebanyakan. Dan karena itulah Farhan menyukainya.

Sebenarnya rasa suka yang dia miliki terhadap Siska hanyalah bentuk simpati, bukan cinta. Tapi Farhan berharap jika mereka ditakdirkan bersama, maka dapat menyembuhkan luka dan traumanya.

"Orang tuaku mendesakku untuk segera menikah. Sejujurnya jika bisa memilih, aku ingin sendiri. Tapi itu tidak mungkin, bukan? Agama kita melarang umatnya untuk berbuat seperti itu."

Farhan meraih cangkir yang berisi kopi hitam yang isinya tinggal setengah, lalu meminumnya perlahan. Dilihatnya langit di luar sudah berubah warna menjadi kuning tembaga. Itu artinya sebentar lagi masuk waktu magrib.

"Siska, maukah kamu menikah denganku? Membantuku untuk mengenal cinta lagi."

Air mata Siska jatuh, ingin sekali dia sujud syukur. Penantiannya, cinta yang ia simpan dalam hati, akhirnya berbuah manis. Tidak mengapa jika laki-laki itu belum mencintainya. Tidak mengapa. Dia akan berusaha sebaik mungkin menghadirkan rasa cinta itu.

Bukankan kebersamaan akan melahirkan cinta? Sungguh, hatinya berbunga, dia merasa bahagia.

***

Farhan berdiri di tengah jalan yang sempit dan terjal. Di sebelah kiri dan kanannya terdapat jurang yang dalam. Dia berjalan dengan sangat hati-hati, dengan menggunakam tongkat kayu dilaluinya jalan itu. Perlahan tapi pasti akhirnya dia sampai pada sebuah istana yang megah dan indah.

Banyak rupa tanaman di sekitar istana itu, beraneka kupu-kupu terbang mengitarinya. Farhan hendak memasuki halaman yang luas dengan rumput yang hijau, tapi susah sekali. Seakan ada pagar yang tak kasat mata yang melindunginya.

Farhan terus memanjat hingga peluh membasahi tubuhnya. Dia merasa ada yang memanggil namanya, tapi tidak ada seorang pun di sana.

"Pa … Papa."

Mata Farhan menatap langit-langit kamarnya. Ternyata semua itu hanya mimpi. Dilihatnya Siska yang duduk di sampingnya dengan rambut berantakan.

"Papa kenapa?" tanya Siska saat Farhan selesai menghabiskan segelas air putih.

"Nggak apa-apa, Ma." Farhan menggeleng. Dilihatnya jam dinding menunjukkan angka pukul tiga.

"Dah, Mama tidur saja lagi kalau pusing. Papa mau salat tahajud dulu." Siska mengangguk.

Sebelum Farhan menuju kamar mandi, dia mengganti bajunya yang basah karena keringat.

Sudah satu jam Farhan duduk di atas sajadahnya, waktu subuh masih lama. Tapi dia belum mengantuk. Farhan ingat novel yang dimiliki istrinya, Air Mata Disti, yang ditulis Kinanti. *Dhea Ishika Kinanti.*

Bab 3

Dhea masih duduk termangu di atas sajadahnya. Setengah jam yang lalu salat isya sudah dia tunaikan. Berlembar-lembar Al-Qur'an sudah dibacanya. Mencoba mencari kedamaian untuk hatinya yang galau.

Pertemuan dengan Farhan sangat tidak disangkanya. Pria dari masa lalunya hadir kembali dengan status yang berbeda. Menjadi seorang suami dari pembaca setianya yang kini menjadi sahabatnya.

Matanya sembab, entah untuk berapa lama dia menangis, nyeri sekali rasa hatinya. Untung adiknya, Rio lagi menginap di rumah temannya, jika tidak pastilah banyak pertanyaan yang dia terima.

Masih jelas sekali diingatannya bagaimana mereka sama-sama terkejut. Meskipun sekilas, tetapi Dhea bisa melihat binar itu, binar yang sama saat mereka masih bersama. Bukan kebersamaan sepasang kekasih, melainkan persahabatan.

Mereka bersahabat memang. Ketika itu Dhea duduk di kelas tiga SMP sedangkan Farhan kelas dua SMA. Mereka di satu gedung sekolah yang sama, kelas untuk SMP Dhea di lantai bawah sedangkan Farhan di atasnya. Persahabatan mereka sangat manis, sehingga menimbulkan rasa yang tidak biasa di hati masing-masing.

Mata Dhea mengabur, setetes air mata membasahi lembaran kitab yang ia baca. Hatinya merasakan sakit yang teramat sangat. Sungguh dia rindu kepada laki-laki yang kini tak lagi sama.

Dhea kini tersedu, bahunya terguncang. Tak lagi dia mampu untuk meneruskan bacaannya. Dia kalah.

***

"Pa, libur dulu kerjanya, ya. Badannya panas ini, Papa kena demam. Hari ini kita ke dokter, mau, ya," bujuk Siska sambil tangannya membasahi kompresan.

Farhan yang berbaring di atas tempat tidur diam, tidak menyahut ajakan istrinya. Setelah terbangun tadi malam, dia tidak bisa terpejam lagi hingga subuh.

Pertemuannya dengan Dhea meluruhkan hati dan raganya. Ingin sekali dia menangis, meluapkan rasa hatinya. Memuntahkan marahnya. Matanya panas, kepalanya berdenyut sakit. Hidupnya kini bagai dihantam badai.

"Pa ... sarapan bubur dulu, ya. Biar bisa minum obat."

Farhan membuka matanya pelan, dilihatnya semangkuk bubur yang dipangkuan Siska tanpa nafsu. Tadi dia sudah minum susu setengah gelas, lambungnya seakan menolak diisi.

"Nanti aja, Ma. Lambung Papa lagi enggak enak ini, mau tidur lagi," tolak Farhan dengan suara serak. Siska menghela napas, mengangguk lalu keluar membiarkan suaminya istirahat.

Farhan memejamkan kembali matanya, bulir-bulir air jatuh dari sudut matanya. Napasnya sesak, dadanya seperti terhimpit dua batu besar.

Farhan masih berdiri di depan istana yang memiliki halaman yang sangat luas. Dia kelelahan setelah mencoba menaiki dinding yang tak terlihat.

Matanya menangkap sosok seorang wanita dengan gaun merah muda yang berdiri membelakanginya. Farhan berteriak memanggilnya, tapi wanita itu tidak mendengarnya. Wanita itu tampak asyik dengan kesibukkannya sendiri. Entah apa yang dilakukannya, Farhan tidak tahu.

Farhan duduk bersandar pada sebuah pohon besar. Angin sepoi membuatnya terlelap. Dalam mimpinya dia mencium aroma parfum yang sangat dikenalnya. Aroma yang mampu membuatnya tersenyum bahagia. Membuatnya kembali pada masa di mana dia untuk pertama kalinya merasakan namanya cinta.

Farhan merasakan matanya diusap oleh seseorang. Perlahan matanya membuka. Di depannya nampak duduk seorang wanita dengan senyum mendamaikan.

"Papa mimpi apa, sampai nangis gitu?" tanya Siska heran.

"Mama pakai parfum, ya." Farhan bertanya balik, mengabaikan pertanyaan istrinya. Aroma wangi itu semakin nyata.

Siska mengerutkan kening. "Mama enggak pakai parfum." Siska mengenduskan penciumannya, seketika bibirnya melengkung. "Oh, mungkin karena sapu tangan ini, Pa."

Farhan melihat Siska menunjukkan sebuah saputangan berwarna merah muda, dilihatnya ada sebuah huruf D yang disulam diujung saputangan itu. Farhan mengenal betul sulaman itu.

"Itu punya siapa?" tanya Farhan pura-pura tidak mengenalnya.

"Oh, itu punya Kinanti, dompetnya ketinggalan kemarin."

"Oh. Ke-kenapa menggunakan barang orang, Ma?"

"Nggak sengaja, Pa. Tadi asal ambil *aja* waktu lihat air mata Papa mengalir, *gitu.*" Siska menunduk merasa bersalah sudah menggunakan barang yang bukan miliknya.

"Ya sudah, enggak apa, Ma. Nanti dicuci." Farhan menghela napas, rindunya kembali hadir dan kembali menyiksa perasaannya.

"Nanti kita ke dokter ya, Pa," bujuk Siska lagi.

"Lihat nanti, Ma. Kalau sampai sore masih *gini*, kita ke dokter." Siska mengangguk, diraihnya mangkuk yang berisi bubur baru yang masih hangat.

Farhan mengunyah pelan makanannya, dia melihat begitu telaten istrinya melayaninya. Wanita yang baik. Tanpa sadar air matanya berlinang.

"Ma ...."

Siska yang lagi memijit kaki suaminya sementara dia mengunyah bubur menjadi menoleh.

"Kenapa, Pa?"

"*Maafin* Papa, ya."

"Maaf untuk apa?" tanya Siska heran.

"Sudah bikin Mama khawatir dan repot," jawab Farhan bohong.

Siska tersenyum, disuapinya lagi bubur ke dalam mulut Farhan. "Papa ini ngomong apa, sudah seharusnya begitu, kan. Papa juga sering repot kalau Mama sakit."

Farhan mengangguk, digenggamnya jemari sang istri. Lalu dikecupnya mesra, tanpa terasa air matanya jatuh lagi.

"Papa kenapa? Dari tadi nangis terus, sampai tidur pun *nangis*. Coba cerita."

Farhan menggeleng, dia membenarkan letak duduknya. "Nggak ada apa-apa, Ma. Mungkin kecapekan, Papa sepertinya cuti dulu, ya, Ma." Siska mengangguk setuju, mungkin benar suaminya butuh istirahat. Semenjak mereka menikah, Farhan jarang mengambil cuti.

"Kita jenguk Bunda, ya. Papa kangen." Siska mengangguk lagi, dia juga rindu akan mertuanya. Siska yang kehilangan ibu saat dia masih kuliah begitu bahagia saat menikah mendapatkan mertua yang baik. *Mertua idaman menantu.*

Samar-samar terdengar suara azan zuhur dari toa masjid. Farhan bangkit perlahan menuju kamar mandi. Bersama Siska mereka salat berjemaah.

Farhan duduk di teras samping rumahnya, di bawah pohon jambu air. Ada segelas susu hangat dan sepiring pisang goreng di atas meja kecil yang terbuat dari bambu.

Di sampingnya ada Siska yang sedang membaca novel di sebuah aplikasi. Serius sekali, sampai dia baru menoleh saat Farhan memanggil untuk yang ketiga kalinya.

"Serius sekali, Ma. Baca *apaan*?" tanya Farhan penasaran.

"Novel, Pa."

Farhan berdeham. "Karangan teman Mama itu, ya?"

"Kinanti?" Farhan mengangguk sekilas. "Iya. Novel dia itu bagus-bagus, Pa."

"Kalo novel yang sering Mama baca itu, fiksi apa *real story*?"

"Novel Air Mata Disti?" Lagi Farhan mengangguk. "Katanya itu fiksi."

"Oh."

"Tapi Mama enggak percaya."

Farhan yang lagi mengunyah pisang goreng menjadi tersedak. Segera dia minum susu hangat yang ada di atas meja.

"Ke-kenapa Mama enggak percaya?" tanya Farhan setengah gugup.

Siska tidak menjawab melainkan masuk ke dalam rumah dan keluar lagi dengan membawa sebuah buku. *Novel Dhea*.

Siska membuka lembar novel dan berhenti di akhir cerita. Dia menunjukkannya pada Farhan.

"Coba Papa baca!" perintah Siska dan menunjukkan pada sederet kalimat.

'Cinta tidak harus bersama dan aku akan selalu mencintaimu melalui doa. Untukmu, maafkan jika aku mematahkan hatimu juga hatiku.'

Farhan menelan ludah, tangannya tiba-tiba kram dan dingin. Novel yang dipegangnya terjatuh dan hampir mengenai cangkir susu. Siska yang melihatnya segera mengambil buku itu dan meletaknya di atas meja.

"Papa, kenapa? Badannya enggak enak lagi?" tanya Siska khawatir saat dilihatnya Farhan memijit kening.

"Iya, Ma. Mendadak pusing lagi," Farhan menjawab jujur. Kepalanya berdenyut sakit juga hatinya.

"Kita ke dokter, ya," ajak Siska. Farhan menggeleng, matanya tetap memejam.

"Mama tolong ke apotek, ya, belikan obat pusing seperti biasa. Sekarang, ya." Siska mengangguk, dia berdiri menuju garasi dan mengambil motor matic lalu keluar menuju apotek di dekat warung bakso tempat langganan mereka.

🌸 Bab 4

Farhan menangis di dalam kamar. Hatinya nyeri. Lebih nyeri dibandingkan saat Dhea menolaknya dulu. Dia berteriak marah, novel yang di tangannya dilempar ke lantai.

"Aaaarrggghhh …." Farhan meremas rambutnya dengan kuat. Air matanya tak henti mengalir.

Sakit kepalanya semakin menjadi, Farhan terguling di tempat tidur. Sakitnya semakin menghentak, seperti ada ribuan godam memukul kepalanya.

Farhan masih duduk di bawah sebuah pohon besar. Dia masih kelelahan, tenaganya belum cukup untuk bangkit berdiri. Dia hanya melihat istana dan seorang wanita dengan gaun merah muda dari jauh.

Penasaran sekali dia tentang wanita itu. Senyumnya terkembang saat melihat beberapa kupu-kupu mengitarinya. Senyumnya berubah jadi tawa tatkala wanita itu berteriak ketakutan. Entah apa yang membuatnya takut, tetapi Farhan sangat senang melihatnya.

Keningnya terasa basah, Farhan melihat ke atas mencari tahu apa yang membasahi kening dan kepalanya. Matanya menyipit, dia melihat seseorang yang sangat dikenalnya.

"Ma …."

Siska tersenyum saat melihat suaminya bangun. "Masih pusing?" tanyanya.

Farhan mengangguk, dia bangkit duduk dengan dibantu Siska. Ditelannya pil yang tadi dibeli istrinya. Farhan bersandar pada bantal yang sudah disusun tinggi.

"Jam berapa sekarang, Ma?" tanya Farhan lirih, sementara matanya menatap ke arah luar jendela di mana ada beberapa tanaman anggrek yang di gantung di bawah pohon jambu air tempat tadi mereka duduk.

"Hampir jam empat, Pa."

"Sudah ashar, ya. Mama sudah salat?" tanya Farhan tanpa menoleh.

Siska mengangguk, tangannya sibuk memijat kaki suaminya. Dilihatnya Farhan yang pucat. Nampak ada beban yang sedang dia sembunyikan.

"Papa kenapa? Ada masalah, kah?" Farhan menggeleng tatapannya masih sama, ke arah luar jendela.

"Nggak ada apa-apa, Ma. Papa cuma capek kayaknya, Sabtu nanti kita ke tempat Bunda ya, Papa mau nyekar ke makam Kakek."

"Iya, Pa."

Farhan memejamkan matanya sejenak, angin yang masuk dari jendela terasa menyejukkan. Napasnya masih sesak, tapi tidak sesesak tadi.

"Udahan, Ma, mijitnya. Papa mau salat Ashar," ujar Farhan menghentikan pijatan Siska.

"Mau dibantu ke kamar mandi?" tanya Siska yang dijawab Farhan dengan gelengan kepala.

Siska memandang suaminya hingga hilang dibalik pintu kamar mandi yang ada di dalam kamar tidur mereka.

***

Sehabis subuh tadi Siska langsung menyibukkan diri di dapur. Mengolah beberapa bahan makanan yang masih tersisa di dalam kulkas. Dia berencana hari ini akan ke pasar untuk membeli kebutuhan dapurnya.

Siska membuat bubur dengan kuah kaldu udang, merebus beberapa telur dan menggoreng kerupuk serta bawang sebagai pelengkapnya.

Setelah salat Subuh tadi dia sengaja membiarkan Farhan untuk tidur lagi, berharap suaminya istirahat dengan cukup sehingga hari ini dia akan lebih bugar.

Siska bersyukur semalam panas suaminya mulai turun dan tidak mengigau lagi. Dia merasakan sebuah pelukan di pinggangnya. Bibirnya melengkung menciptakan senyum.

"Masak apa?" tanya Farhan, dia merasakan tengkuknya panas karena hembusan napas suaminya. Aroma sampo tercium dari rambutnya, begitu menyegarkan.

"Bubur. Eh, Papa mandi, ya?" Farhan mengangguk. "Nekat! Masih sakit juga."

"Ih, siapa bilang, udah sembuh ini. Gerah," jawab Farhan, dia melepas pelukannya dan menggeser kursi makan. Diminumnya teh hangat yang ada di atas meja.

Siska melirik, geli melihat tingkah suaminya yang merogoh toples kosong dan mengumpulkan remah kue lalu memasukkannya ke dalam mulut.

"Hari ini Mama mau ke pasar, ya. Isi kulkas habis sekalian mau ke *kosan* adiknya Kinanti."

Farhan berhenti mengunyah saat mendengar nama Kinanti. "*Ngapain* ke sana? Ke rumah adiknya?"

"Tadi Mama lihat ada beberapa kartu penting milik adiknya di dalam dompet Kinan, Mama mau *nganter* itu."

"Teman Mama *nanyain*?"

"Enggak. Mama yakin Kinan lupa *kalo* dompetnya ketinggalan."

Farhan diam. Siska yang lagi mengaduk bubur menoleh. "Boleh, ya?"

"Mama bawa motor apa mobil?"

"Motor *aja*, Pa. Biar *cepet*." Farhan mengangguk. "Papa belum *ngantor*, kan?"

"Entar siang Papa ke kantor."

Siska tidak bertanya lagi, dia menyiapkan sarapan untuk mereka. Dia merasa lega saat suaminya makan dengan lahap.

"Ma, Papa *panasin* mobil dulu ya," ujar Farhan saat mereka selesai sarapan. Siska yang mendengarnya mengerutkan kening.

"Mama bawa motor, Pa."

"Biar Papa yang antar."

"*Emang* sudah sehat?" tanya Siska ragu.

"Sehat, *insya Allah*." Siska mengangkat bahunya. Dilihatnya Farhan berjalan menuju garasi.

"Teman Mama itu tinggal di sini, ya?" tanya Farhan saat mereka sudah di dalam mobil menuju kontrakan Dhea. Dia tidak membutuhkan GPS untuk mencari alamatnya, karena Farhan mengenal tempat tersebut.

"Enggak, Pa. Itu kontrakan adiknya, dia masih kuliah. Kinan tinggalnya di desa, dia ke sini karena ada urusan di penerbitan."

Farhan mengangguk, matanya fokus ke depan. Tidak lama lagi mereka sampai. Dari jauh dia melihat bunga matahari yang tinggi menjulang. Seketika bibirnya melengkungkan senyum. Ingatannya kembali pada Dhea. *Gadis itu sangat menyukai bunga matahari.*

"Pa, kayaknya itu deh rumahnya," tunjuk Siska pada sebuah rumah di mana ada bunga mataharinya.

"Tau dari mana?" tanya Farhan heran.

"Ada bunga mataharinya. Kinan itu sangat suka bunga matahari."

"Emang yang suka bunga matahari cuma dia?" tanya Farhan cuek, padahal dalam hatinya sudah tidak keruan.

"Tuh, bener, alamatnya sama." Siska melihat alamat yang ada di ponselnya. Dhea memberikan alamat kontrakan adiknya pada Siska saat mereka janjian untuk bertemu tempo hari.

Farhan menelan ludah, hatinya gelisah. Telapak tangannya tiba-tiba menjadi dingin. Dia gugup.

"Ma, siapa tau orangnya sudah pulang kampung. Sudah ditelepon belum?"

"Sudah, Pa, tapi nomornya enggak aktif."

"Terus?"

"Ya enggak apa-apa. Kan bisa dikasih sama adiknya. Yuk ah, turun dulu!" ajak Siska, Farhan hanya mengangguk.

Suasana sepi, sudah dua kali Siska mengucap salam tapi belum ada jawaban dari tuan rumah. Dan saat Siska hendak mengucap salam untuk yang ketiga kalinya pintu rumah terbuka sedikit.

Farhan terkejut saat melihat seorang gadis dengan gamis biru muda keluar dengan wajah yang pucat. Hatinya seakan teriris melihat kondisinya yang seperti itu.

Dhea menundukkan pandangannya saat matanya beradu dengan mata teduh milik Farhan. Dia kikuk melihat penampilannya sendiri.

"Sayang ... kamu kenapa?" tanya Siska terkejut begitu melihat keadaan Dhea yang pucat pasi.

Siska masuk ke dalam ruang tamu yang kecil itu saat Dhea mengajaknya, sementara Farhan menunggu di teras dan duduk di kursi dekat pot yang ada bunga mataharinya.

"Kamu kenapa, Kinan?" tanya Siska lagi saat mereka sudah duduk lesehan.

"Demam biasa, Mbak."

"Demam biasa *gimana*? Itu wajah pucat *bener*. Ke dokter, yuk," ajak Siska. Dhea menggeleng, tersenyum tipis.

"Enggak usah, Mbak, entar juga *baikan*," tolak Dhea halus.

"Eh, enggak boleh nolak. Suara sudah serak gitu."

"Tadi aku sudah minum obat, Mbak."

Siska menghela napas, dilihatnya ada botol air mineral yang isinya tinggal sedikit dan beberapa bungkus roti yang masih utuh.

"Sudah sarapan?" selidik Siska. Dhea hanya diam, dia memang belum sarapan. Tidak bernafsu. Siska yang melihatnya segera mengambil dompetnya lalu berdiri.

"Mbak mau ke mana?" tanya Dhea dengan suara serak.

"Beliin kamu sarapan, sudah jam berapa ini, Kinan?"

"Tapi …."

"Dah, *diem*. Gimana mau sembuh *kalo* makan saja enggak teratur?"

Tanpa membantah lagi Dhea membiarkan Siska keluar. Dia mendengar saat temannya itu berpesan pada Farhan untuk tetap di sana, menjaganya.

Dhea tersenyum miris mendengar itu. *Menjaganya?* Jika saja Siska tahu apa yang sebenarnya—*hal yang tidak dia tahu*—mungkin dia tidak akan pernah sudi membiarkan suaminya berdua dengannya saat ini. Bisa jadi pertemanan mereka sudah berakhir. Membayangkannya, Dhea bergidik sendiri.

Bab 5

Suasana berubah canggung saat tinggal mereka berdua. Dhea menggigit bibir bawahnya, lidahnya kelu saat ingin berbasa-basi. Dulu dia begitu cerewet, saat mereka masih sekolah dulu. Farhan bahkan menjulukinya kutilang.

"Kamu salah mengoleksi tanaman, Dhe. Harusnya bukan bunga matahari."

"Emang aku harusnya *nanem* apa?" tanya Dhea heran. Memangnya salah menanam bunga matahari, pikirnya.

"Harusnya kamu *nanem* pohon-pohon rindang, seperti jambu air, mangga atau yang rindang-rindang, *gitu*."

"Buat apa?"

"Buat kamu bertengger, kamu itu kutilang. Bunyi *mulu* alias cerewet." Farhan ngakak saat wajah Dhea merengut kesal.

Dhea merasakan dadanya nyeri. Kenangan itu seakan luka yang dia tabur dengan garam. *Pedih*.

"Apa kabar, Dhe?" Farhan bertanya setelah mereka terdiam cukup lama. Meskipun ada dinding yang memisahkan mereka tapi tetap saja dia butuh keberanian lebih untuk membuka percakapan.

"A-alhamdulillah, baik, Mas," jawab Dhea dengan gugup, sementara jemarinya meremas ujung jilbab.

"Kenapa? Enggak jago bohong lagi, Dhe?"

"M-maksudnya?"

"Kenapa sakit?"

"Kecapekan."

Farhan menarik napas, rahangnya mengeras. "Terus saja berbohong, Dhe."

Dhea memejamkan mata, setetes air mata jatuh dari sudut matanya. Kata-kata Farhan seperti belati, tajam. Laki-laki itu tahu jika dirinya berdusta. Memangnya dia harus menjawab apa? *Aku sakit karena merindukanmu*, begitukah?

"Mas, apa kabar?"

"Kamu bisa lihat sendiri, Dhea. Aku menikah dan bahagia." Jawab Farhan sinis.

Dhea mengangguk. Ya, laki-laki itu pantas untuk bahagia. Dia berhak dan layak mendapatkannya. Orang yang baik memang seharusnya seperti itu. Lantas dirinya?

Air matanya mengalir dengan deras, Dhea tidak berdaya, kenyataan yang dihadapinya membuatnya semakin merana.

Suara angin yang menggoyang-goyangkan bunga matahari seperti irama kesedihan yang membuatnya semakin nelangsa.

Matanya terus memejam, ingatannya kembali pada saat mereka dulu pernah dekat. Meskipun tidak terucap tapi mereka sadar jika hati mereka terikat.

"Kenapa harus pergi, Dhe?" tanya Farhan siang itu, dia melihat sebuah koper berwarna hitam terbuka di bawah terik matahari. Dhea nampak membersihkan beberapa bagiannya yang tertutup debu.

"Aku mau kuliah, Mas. Kalau di kampung aku hanya ikut Ibu *metik* teh," jawab Dhea tanpa menoleh. Farhan yang duduk di bale bambu nampak gusar.

"Kan bisa dari sini, Dhe. Jarak rumah ke kampusmu cuma sejam juga, kan? Aku bisa mengantarmu, kampus kita kan searah."

Dhea menarik bibirnya malas, dia tetap sibuk membersihkan koper. Tak peduli Farhan yang memperhatikannya.

"Dhe ...?"

"Aku mau cari kerja, Mas. Di sini enggak ada kerjaan *part time*. Dari mana aku bisa bayar kuliah kalau enggak nyambi kerja?"

"Nanti aku minta Kakek buat kasih kamu kerjaan, Dhe."

Dhea menarik napas dalam-dalam. *Itu!* Itu yang membuat dia memutuskan untuk mencari kerjaan dan indekos di kota. Karena Farhan selalu dekat dan setia membantunya hingga membuat Sonya cemburu dan melabraknya berkali-kali.

Sonya gadis cantik, putih, tinggi dan langsing. Dia itu model di sekolah, dia bisa mencari cowok mana pun untuk disukai. Tapi entah kenapa dia memilih Farhan yang justru sepupunya. Farhan mengerti atau tidak sikap Sonya kepadanya, Dhea tidak tahu.

Dhea berbalik dan membawa koper ke dalam rumah, tapi langkahnya terhenti saat Farhan menahannya.

"Sebenarnya ada apa, Dhe?" tanya Farhan menyelidik. Dhea berdiri di sampingnya, pandangannya mengarah pada bibit bunga matahari yang dia gantung di dinding.

"Enggak ada apa-apa, Mas."

"Keras kepala! Ini sebenarnya ada apa?"

"Aku harus keras kepala, Mas. Aku sekeras ini saja masih diinjak-injak, apalagi bersikap lembut!" Dhea menarik keras koper dari cengkeraman Farhan.

"Siapa yang menginjakmu, Dhe?" teriak Farhan saat Dhea menghilang dari dalam kamarnya.

Dhea terduduk di atas tempat tidurnya, air matanya tak dapat lagi dia bendung. Sakit sekali rasanya menghindari temannya itu, seorang teman yang memiliki tempat istimewa di hatinya.

Tapi dia sadar diri, siapalah dirinya yang hanya seorang anak dari buruh pemetik teh. Berharap rasa pada Farhan anak dari juragan sekaligus majikan ibunya. Membuatnya seperti pungguk yang merindukan bulan. Mustahil.

Air mata Dhea terus mengalir dari sela-sela matanya yang terpejam. Kepalanya berdenyut, sakit sekali.

Dhea merasakan tangan halus menggenggam jemarinya. Matanya menyipit, ada seraut wajah cemas di sana.

"Pusing, Dhe?" tanya Siska. Dhea hanya mengangguk, dia melihat ada bubur di dalam mangkuk.

"Makan, ya, sudah itu minum obat." Dhea mengangguk lagi, dia pasrah saat Siska menyuapinya.

"Banyak banget, Mbak, belanjanya." Dhea melihat ada dua plastik besar di sampingnya.

"Sengaja biar kamu enggak perlu keluar rumah. Aku juga sudah beli minyak angin sama obat pusing."

"Aku enggak enak, Mbak, harusnya aku yang menjamu kalian," Dhea berujar lirih.

"Hush! Jangan ngomong seperti itu. Anggap aku dan Mas Farhan keluargamu. Kalau ada apa-apa jangan sungkan ngasih tau, kamu dengar itu, Kinan?" Dhea mengangguk, digenggamnya tangan sahabatnya itu.

"Makasih, ya, Mbak."

"Iya, sudah enggak usah nangis. Cengeng." Dhea tersenyum tipis, sungguh terharu dia akan sikap Siska padanya. Jika saja Farhan bukan suaminya, dia sangat mau menjalin hubungan saudara angkat dengan wanita baik itu.

Farhan menghapus air bening di sudut matanya. Di dalam sana ada dua wanita yang ia cintai. Wanita yang sama-sama baik. Entah bagaimana dia mengartikan rasanya saat ini. Dia tidak tahu.

"Bagaimana pendapat Papa?" tanya Siska saat mereka dalam perjalanan pulang.

"Soal?"

"Kinanti."

Farhan menghela napas, matanya fokus lurus ke depan tapi hatinya bercabang. Dari sudut mata dia bisa melihat istrinya menatap intens. Dan itu membuatnya makin gamang.

"Sifat Mama yang susah akrab dengan seseorang dan melihat kalian tadi, Papa yakin dia wanita baik." Siska mengangguk. Benar, dia memang susah untuk berakrab ria dengan seseorang. Ya, Kinanti memang wanita yang baik, Siska membatin.

"Ngobrol sama dia enak, bikin nyaman. Mama percaya, dia itu tipe setia. Dan Mama yakin sekali novel dia tuh, kisah nyatanya. Laki-laki itu beruntung dicintai oleh wanita seperti dia."

Farhan mendengar itu bukannya bangga, melainkan perih yang dirasa. Hampir saja dia menabrak pengendara sepeda motor yang berhenti mendadak.

"Astagfirullah! Hati-hati, Pa," pekik Siska, tangannya mengelus dada.

"Ma-maaf. Maaf, Ma." Jantung Farhan berdetak kencang, tèrlambat sedikit saja bisa saja si pengendara sepeda motor itu jatuh terpental.

Farhan mengusap wajahnya, dia melihat Siska masih *shock*. Mengucap bismillah, perlahan dia melajukan mobilnya.

Bab 6

Farhan sudah mengambil cuti selama tiga hari. Hari ini dia pulang sedikit terlambat, dilihatnya jam yang ada di pergelangan tangan kirinya sudah menunjuk pukul lima lewat empat puluh lima menit. Sebentar lagi masuk waktu magrib.

Langit sudah berubah warna menjadi jingga, ada sedikit awan hitam menghiasinya. Farhan menarik napas panjang, dari dulu dia tidak suka senja. Terlebih senja beberapa tahun yang lalu, saat Dhea pergi meninggalkannya.

"Kenapa ke sini, Mas? Aku mau berangkat." Dhea melihat Farhan turun dari mobil Jeep merah hati, mobil kesayangannya.

"Sengaja, mau *nganter* kamu." Tanpa minta izin dia meraih koper dan tas ransel milik Dhea.

"Tapi aku sudah pesan travel."

"Batalkan!"

"Enggak bisa begitu, Mas. Aku sudah bayar tiketnya."

"Nanti aku ganti duit tiketnya." Farhan menghadap pada Dhea saat semua barang sudah masuk ke dalam mobil.

"Dasar! Keras kepala!" sungut Dhea.

"Aku belajar dari kamu," Farhan membalas dengan kesal.

Dhea mendengkus, matanya yang tadi menatap Farhan kini beralih kepada bunga mataharinya. Seketika hatinya pilu, dia pasti akan merindukan mereka.

"Ayo, cepat! Keburu sore," perintah Farhan yang membuat Dhea semakin sebal.

"Aku pamit sama Ibu dulu." Dhea masuk ke dalam rumahnya dengan wajah cemberut. Melihat itu membuat Farhan melengkungkan bibirnya. Di matanya Dhea semakin manis jika marah.

"Dhe ... aku mau ngomong sesuatu," ucap Farhan saat mereka sudah sampai di depan gerbang indekos Dhea.

"Apa?" tanya Dhea tanpa menoleh, pandangannya tetap lurus ke depan. Dia tidak berani bersitatap dengan laki-laki itu. Dia tidak ingin merasakan kehilangan saat mereka berpisah nanti.

"Ak-aku ... aku suka kamu."

Dhea menahan napasnya untuk sesaat, pengakuan yang sebenarnya sudah dia tunggu sedari dulu, bukannya membuatnya bahagia tetapi membuat perih tercipta.

"Maaf, Mas. Aku mau fokus kuliah sama kerja."

"Apa kamu tidak memiliki rasa yang sama, Dhe?" tanya Farhan lirih.

"Aku enggak sempat memikirkan hal semacam itu, Mas." Dhea menjawab tanpa keraguan, tapi telaga bening miliknya seakan ingin tumpah saat itu juga.

"Jawab saja, kamu juga suka atau tidak?" tanya Farhan tidak sabar.

"Aku suka Mas Farhan ... hanya sebagai teman. Tidak lebih."

Seketika Farhan merasakan dunianya runtuh, hatinya seperti tersayat ribuan belati. Dia sangat berharap jika Dhea memiliki rasa yang sama. Dia sangat berharap suatu saat akan selalu bersamanya.

Dengan langkah gontai dia turun dari mobil dan mengeluarkan barang-barang. Setelah semuanya sudah di teras rumah kos, Farhan berdiri menghadap Dhea. Ditatapnya sekilas gadis yang selama empat tahun menemaninya, yang setia menjadi temannya.

"Kamu hati-hati, ya. Jangan terlalu capek. Kalo ada apa-apa, jangan ragu untuk kasih tahu aku." Farhan diam sejenak, matanya mengamati bangunan sederhana yang ada di depannya.

"Yang tadi ... anggap aku enggak pernah bilang apa-apa. Kita berteman seperti biasa, oke?" Dhea hanya mengangguk, diam tanpa bicara sedikitpun hingga Farhan pergi.

Itu terakhir kalinya Farhan bicara dengan Dhea. Hari-hari berikutnya pun tidak ada komunikasi karena Dhea sekalipun tidak pernah menghubunginya.

Penolakan Dhea membuat Farhan menutup diri dan hatinya dari gadis mana pun hingga dia bertemu istrinya, Siska.

***

Dhea duduk di bangku yang terbuat dari bambu, halaman samping rumah adalah tempat favoritnya dari dulu. Matanya memejam, merasakan udara yang sejuk.

Suara angin yang menggoyang-goyangkan bunga mataharinya terasa begitu mendamaikan. Bunga-bunganya sedang bermekaran, bunga matahari yang dia tanam di pinggir pagar berdiri gagah.

Sering orang-orang numpang foto di halaman rumahnya, apalagi saat seperti ini. Dhea tersenyum ketika ingat ucapan adiknya untuk meminta iuran bagi mereka yang ingin numpang foto.

Dhea sangat menyukai bunga-bunga itu, entah kenapa jika melihat bunga matahari jiwanya menjadi semangat dan hangat. Dulu dia sering berdebat dengan almarhumah ibunya perihal lahan mereka yang tidak begitu luas.

Ibunya dulu sering menanami kebun kecil mereka dengan berbagai tanaman apotek hidup dan sedikit sayuran. Dhea kecil pernah mencabut bibit kunyit yang baru saja ditanam ibunya dan dia ganti dengan bibit bunga matahari.

Tingkah laku Dhea saat itu diperhatikan oleh seorang remaja laki-laki. Dia berdiri di luar pagar rumahnya. Merasa diawasi Dhea mengangkat kepalanya.

"Cari siapa?" tanya Dhea pada pemuda itu.

"Nggak cari siapa-siapa. Tadi aku jalan-jalan, malah nyasar kemari," jawab pemuda itu.

Dhea mengamati orang yang kini ada di hadapannya. Usianya kira-kira lebih beberapa tahun di atasnya. Dia mengenakan celana *training*, kaos oblong polos warna putih, sepatu *sneakers* merah hati dengan lis hitam. Sepertinya dia habis lari karena bajunya basah oleh keringat.

"*Emang* mau ke mana?"

"Ke rumahnya Kakek Atmo."

Mulut Dhea membulat. "Oh … kalo gitu Masnya harus muter ke jalan yang dekat pohon beringin itu," tunjuk Dhea.

Pemuda itu memicingkan matanya, peluh membasahi kening dan leher. Bukan karena habis lari, tapi karena matahari yang panas menyengat. Dialihkannya pandangan ke arah Dhea.

"Jauh ... ada yang lebih dekat, enggak?" tanyanya pada Dhea yang masih berdiri di dalam pagar yang terbuat dari potongan bambu.

"Ada sih. Tuh, lewat jalan setapak di samping poskamling, di belakangnya ada kebun singkong milik Mang Rofik. Trus nanti ketemu pertigaan ambil jalan kanan, entar ada kolam ikan milik Mas Slamet. Nah, di sana ada gapura tua yang ada pohon randunya. Mas lewat situ, entar nemu perkebunannya Kakek Atmo. Kalo udah di sana enggak mungkin kesasar, karena rumahnya udah *keliatan*."

Pemuda jangkung itu memijit pelipisnya. Saat dia hendak membuka mulut, si gadis sudah bersembunyi di sela-sela tanaman bunga matahari.

Dhea berdiri diam ketika ibunya berteriak memanggil namanya, dia pasti ketahuan sudah memindahkan bibit kunyit dan mengisinya dengan bibit bunga matahari.

Dhea tidak akan ketahuan bersembunyi di antara bunga matahari yang daunnya lebat dan tingginya melebihi dirinya. Tak dihiraukannya sepasang mata yang menatapnya aneh.

"Lho? Den Farhan, *ngapain* di situ? Ayo, ayo, masuk," Ibu Narti, ibunya Dhea mengajak pemuda itu duduk di atas bale-bale bambu.

Dhea yang bersembunyi di antara bunga matahari mengerutkan kening heran saat melihat ibunya begitu akrab dengan pemuda yang baru saja dikenalnya. Dia meringis kesakitan ketika beberapa semut merah menggigit kakinya.

"Den Farhan tunggu sebentar, ya."

"Bibi mau ke mana?" tanya Farhan saat Bu Narti hendak keluar pagar.

"Mau cari Dhea, anak Bibi."

"Cewek yang pakai jilbab ungu?" tanya Farhan lagi. Bu Narti mengangguk. Dengan senyum dikulum Farhan menunjuk bunga matahari yang tumbuh subur di sudut pagar, tempat Dhea bersembunyi.

Dengan perasaan dongkol Dhea keluar dari tempat persembunyiannya. Senyum yang sedari tadi bertahan di wajah Farhan berubah jadi gelak tawa saat melihat gadis manis itu menjerit kesakitan karena dijewer ibunya.

Sebelum masuk ke dalam rumah, Dhea menatap sengit wajah Farhan yang menahan tawa. "Awas, kamu!" ancamnya.

Bab 7

Mereka melewati jalan setapak di tengah kebun singkong milik Mang Rofik. Sedari tadi Dhea menggerutu, sementara pemuda di sampingnya hanya tersenyum. Dibiarkannya Dhea mengeluarkan rasa kesalnya. Hingga gadis itu berhenti sendiri.

"Sudah, ngomelnya?" tanya Farhan. Diliriknya Dhea yang diam tapi dengan wajah cemberut. Mulutnya maju seperti ikan yang kehabisan air, melihat itu membuat Farhan ingin tertawa lagi, tapi diurungkannya.

"Maaf, aku memang salah. Tapi lebih salah lagi kalau membiarkan *Bik Narti* nyari-nyari kamu sedangkan aku *tau* kamu bersembunyi di mana."

Dhea tetap diam, dikibas-kibaskannya daun singkong dengan ranting yang ada di tangannya. Matanya mengkerut menahan panas matahari.

"Maaf, ya ... kita jadi teman. Oke."

Dhea menghentikan langkahnya, ditatapnya Farhan yang tinggi menjulang. "Mas itu terlalu tua untuk jadi temanku."

"Hey ... aku belum tua!" sengit Farhan, setengah berlari dia mensejajarkan langkah Dhea.

"*Bodo* amat! *Cepet* jalan, panas ini," balas Dhea. Sebenarnya dia malas mengantar pemuda itu pulang. Tapi berhubung dia adalah cucu dari juragan tempat ibunya bekerja, jadi mau tidak mau Dhea harus menurut.

"Jadi Mas Farhan mau pindah ke sini? *Emang* betah?"

Farhan diam sejenak, sebenarnya dia juga ragu.

"Mudah-mudahan betah," jawabnya tidak yakin.

Farhan pindah ke desa atas perintah kakeknya. Orang tuanya pindah ke luar negeri untuk waktu yang lumayan lama. Farhan memang sengaja tidak mau ikut mereka. Dhea tidak bertanya kenapa, karena itu bukan urusannya.

"Kalo enggak yakin jangan *dipaksain*, Mas. Ini kampung, beda banget sama kota. *Anyep*, sepi."

Farhan mengangguk setuju, dia melirik sekilas pada gadis mungil di sebelahnya. "Insya Allah betah, kan ada kamu bawel, *rame kek* petasan."

"Ish ..."

Farhan senyum, menyenangkan bertemu teman baru seperti Dhea.

Mereka berjalan dalam diam, hingga tanpa sadar kaki mereka sudah menginjak pekarangan rumah Kakek Atmo.

Dhea hendak berbalik ketika Farhan memanggilnya.

"Enggak mau mampir dulu, Dhea?"

Dhea menggeleng. Dilihatnya rumah yang sangat megah dengan dua pilar besar. Ada taman bunga di samping kiri dan kanan yang luas tempat sang juragan memarkirkan mobilnya.

Dhea minder, malu, terlihat sekali perbedaan dirinya dan Farhan. Melihat penampilannya saja semua orang bisa menilai jika pemuda itu anak orang kaya. Dhea tidak tahu merk dan harga pakaian yang dikenakannya, tapi dia yakin harganya pasti mahal.

"Mampirlah dulu ... aku ada banyak buku cerita. Tunggu ya, aku ambilkan." Tanpa menunggu jawaban Dhea, Farhan segera masuk ke dalam rumahnya. Tidak sampai sepuluh menit dia keluar dengan membawa setumpuk buku.

Dhea yang melihatnya hampir berteriak. Dia seperti melihat harta karun, matanya berbinar melihat buku-buku itu.

"Kamu suka?"

"Suka, Mas. Suka!" jawab Dhea antusias.

"Ya sudah, kamu bawa pulang. Sehari seribu."

Dhea mendongak. "Lho, ini disewa ya?" Seketika senyumnya memudar, melihat itu Farhan menjadi tergelak.

"Bercanda, Dhe," jawab Farhan di sela-sela tawanya, matanya sampai berair. Dhea yang tadi cemberut jadi ikut tertawa.

Semenjak saat itu mereka mulai akrab, tapi itu jika hanya ada mereka berdua. Di sekolah Dhea sengaja menghindari Farhan. Bukan karena minder, tapi dia takut dengan Sonya yang selalu menempel ke mana pun Farhan pergi.

Dengan wajah yang rupawan, pintar dan dari keluarga yang berada, membuat Farhan menjadi idola di sekolah. Cewek-cewek sekolah rasanya tidak ada yang tidak tertarik padanya. Termasuk Sonya.

Sonya begitu posesif pada Farhan, siapa pun yang berani naksir padanya akan dia teror. Pernah sekali Dhea dilabrak hanya karena Farhan mampir sekedar memberinya buku cerita.

Dhea tersenyum hampa mengenang semuanya. Tanpa dia sadari ada sepasang mata teduh yang memandanginya dari kejauhan. Menatapnya dengan dada sesak dan rindu yang teramat sangat.

***

"Kapan-kapan kita mampir ke rumah tadi ya, Pa," ajak Siska saat mereka melewati sebuah rumah yang penuh dengan bunga matahari.

Farhan hanya mengangguk sekilas, entah kenapa dia sengaja ingin melewati rumah Dhea. Rumah kecil, sederhana tapi memiliki kenangan yang indah antara dirinya dan Dhea.

"Melihat bunga matahari membuat Mama selalu ingat Kinan," ucap Siska. Ada senyum tipis di wajahnya.

"Mama enggak lupa oleh-olehnya, kan?" tanya Farhan mengalihkan pembicaraan. Siska menjawab dengan anggukan kepala.

Mobil mereka sudah memasuki perkebunan teh, yang kini sudah dikelola oleh Pak Wira, ayah Farhan. Sebenarnya Pak Wira meminta Farhan sendiri yang meneruskan perkebunan itu, tapi Farhan menolak dengan alasan dia lebih memilih bekerja sebagai seorang arsitek.

Alasan yang dibuat-buat. Padahal Farhan dulu sudah berniat belajar mengurus perkebunan agar selalu dekat pada cintanya. Berharap bisa hidup bersama selamanya.

Tapi siapa sangka takdir mempertemukan mereka kembali pada keadaan yang berbeda? Sekeras apapun usaha kita untuk menghindar, namun jika garis kehidupan menghendaki kita bertemu orang yang sama, kita bisa apa?

Mobil mereka sudah memasuki perkarangan. Rumah besar bercat putih itu masih sama saat Farhan meninggalkannya dahulu. Bahkan kursi rotan yang ada di teras tetap sama. Kakek membelinya saat dia baru setahun tinggal di sana. Karena kursi yang lama hancur saat Farhan melihat seekor ular yang mau masuk rumah. Karena kaget dia langsung melempar kursi itu dan tepat mengenai tubuh si ular.

Saat mereka turun dari mobil, Bu Retno—*ibu Farhan*—keluar menyambut mereka. Siska langsung mencium punggung tangan dan memeluk ibu mertuanya. Begitu pun dengan Farhan.

"Kok, sore *nyampenya*, Siska?" tanya Bu Retno dengan senyum menghiasi wajahnya yang keriput.

"Tadi mampir-mampir dulu, Bun." Bu Retno hanya mengangguk dan mengajak anak menantunya masuk ke dalam rumah.

Mereka langsung menuju dapur, di atas meja sudah ada berbagai jenis masakan kampung. Farhan yang memang sedang lapar langsung duduk di kursi. Bu Retno mendelik saat tangan anaknya mencomot sepotong tahu isi.

"Kebiasaan! Makan enggak nyuci tangan, main sambar aja. Sana, cuci dulu!" perintah Bu Retno. Farhan *misuh-misuh*. Digosok-gosoknya tangannya bekas cubitan sang ibu. Tapi sebelum beranjak, sepotong tahu isi sudah berpindah dengan cepat ke dalam mulutnya.

Siska hanya tersenyum melihat kelakuan suaminya. Ibu mertuanya itu meskipun cerewet tetapi sangat perhatian, terlebih pada dirinya.

"Ayah mana, Bun?" tanya Siska saat merasakan ketidakhadiran ayah mertuanya.

"Ayahmu lagi di kebun, katanya ada perlu sama mandor pabrik. *Bentar* lagi pulang."

Siska menoleh saat mendengar ada suara gaduh dari halaman samping. Nampak Farhan masuk dari pintu sambil merangkul Yasmin, adik perempuan satu-satunya. Setelah mencium kedua pipi kakak iparnya, Yasmin duduk di samping Farhan yang sedang mengunyah bakwan jagung.

"Kapan pindah ke sini, Mas?"

Farhan menautkan alisnya, dia menoleh ke arah Yasmin.

"Pindah? Siapa yang mau pindah?"

"Lah ... kata Bunda, Mas sama Mbak Siska mau tinggal di sini." Farhan dan Siska saling pandang, lalu menatap Bu Retno yang mengulum senyum.

"Ah, itu maunya Bunda *aja*."

"Lho, enggak apa-apa kan pindah ke sini," ujar Bu Retno cuek.

"Farhan di kota ada kerjaan, Bun," elak Farhan.

"Kamu itu *dibilangin* susah sekali, Han. Kami ini sudah tua. Tega kamu lihat Ayah menangani perkebunan ini sendiri?"

"Tapi, Bun ...."

"Sudah! Sudah. Kita makan dulu, dilanjut lagi nanti ngobrolnya," Bu Retno menyela ucapan Farhan.

Siska mengelus punggung tangan suaminya. Dari dulu selalu begini, Farhan akan kesal jika disuruh pindah ke desa untuk mengurus perkebunan milik almarhum kakeknya. Farhan begitu enggan, padahal Siska tidak masalah jika diajak pindah.

Bab 8

"Mas, entar malem *anterin* Yasmin ke rumah guru Yas, ya," rayu Yasmin pada kakaknya.

"Kamu ini, Yas. Masmu baru juga *nyampe* sudah ditodong," cetus Bu Retno.

Farhan hanya mengangguk, Siska tersenyum melihat Yasmin tertawa girang. Adik iparnya itu memang seorang gadis yang periang. Sebentar lagi dia mau lulus sekolah menengah atas.

"Sudah, Han, jangan selalu kamu turutin maunya adikmu. Besar kepala dia nanti." Yasmin cemberut mendengar ocehan ibunya. Tapi dia yakin kalau kakaknya akan memenuhi keinginannya.

"Yasmin kan mau belajar, Bun. Bukannya kongkow-kongkow enggak jelas."

"Iya ... tapi kan bisa besok, Yas."

"Iiihhh ... Yas maunya malam ini, Bun. Sekalian mau beli seblak dower."

"Tuh, kan. Alasannya belajar, ujung-ujungnya jajan." Yasmin cengengesan, dipeluknya Bu Retno lalu diciumnya.

"Makasih Bunda yang cantik," bisik Yasmin, kemudian dia berlari masuk ke dalam kamar.

"Eh, Bunda enggak ngasih izin, ya. Jangan ge-er kamu."

Farhan dan Siska tertawa melihat kedua orang itu. Hal seperti inilah yang kadang membuat Farhan rindu untuk pulang.

***

"Kenapa enggak pas pulangnya saja beli seblaknya, kalau beli sekarang nanti dingin, enggak enak," tanya Farhan heran.

Mereka lagi mengantre di kios penjual seblak. Malam ini lagi ramai. Seblak buatan Mang Paijo memang terkenal enak dan murah. Maka itu wajar jika selalu ramai pengunjung.

"Sengaja. Mau *bawain* buat guru Yasmin."

"Wih, istimewa sekali," cetus Farhan.

"Memang istimewa. Beliau lagi sakit, seblak Mang Paijo ini makanan kesukaannya. Yas sering ditraktir."

Farhan manggut-manggut mendengar celoteh adiknya. Mereka memesan enam bungkus seblak dengan kuah yang dipisah. Setelah setengah jam menunggu akhirnya mereka meninggalkan kios yang makin ramai pengunjung.

Mobil mereka memasuki jalan kecil, Farhan termangu saat Yasmin memintanya untuk memasuki jalan yang begitu familiar baginya.

"*Bener* ini jalannya, Yas?" tanya Farhan meyakinkan.

Yasmin mengangguk pasti dan telunjuknya mengarah pada sebuah rumah. "Itu, Mas, yang pagarnya dipenuhi bunga matahari."

"Itu rumah guru kamu, Yas?" Yasmin mengangguk lagi. "Guru sekolah?"

"Bukan, Mas. Mbak Dhea itu guru menulis Yasmin. Beliau itu guru eskul menulis di sekolah. Orangnya keren."

Farhan tidak lagi fokus mendengar celotehan Yasmin yang memuji Dhea. Perasaannya tidak keruan. Ditariknya napas panjang, mencoba meredakan degup jantungnya yang tidak stabil.

Pintu kayu yang bercat cokelat kayu itu membuka saat Yasmin mengucap salam untuk kedua kalinya. Dhea keluar dari balik pintu dengan wajah yang masih sedikit pucat.

"Wa'alaikumsalam. Kamu, Yas. Tumben malam-malam gini. Sama siapa?" Yasmin menolak saat Dhea mengajaknya masuk.

"Sengaja mau besuk Mbak Dhea, Yas ada *bawain* seblak buat Mbak. Oh, ya, *kenalin* kakak Yasmin, Mas Farhan."

Mata Dhea mengikuti arah telunjuk Yasmin, di bangku dekat sudut teras seorang laki-laki duduk dengan kepala menunduk. Dari bahasa tubuhnya Dhea tahu dia salah tingkah.

Hampir satu tahun mengenal Yasmin, Dhea tidak tahu jika mereka berdua bersaudara. Cepat-cepat Dhea mengalihkan pandangan saat Farhan mengangkat kepalanya.

"Mbak gimana? Masih demamkah?"

"I-iya, eh, enggak. Sudah sembuh, Yas," jawab Dhea tergagap.

"Kamu kenapa?" tanya Farhan saat melihat adiknya berdiri gelisah.

"I-itu ... Mbak, Yas ke kamar kecil dulu, ya." Tanpa permisi Yasmin masuk melewati Dhea yang masih berdiri di pinggir pintu.

Dhea meremas ujung jilbabnya saat kini hanya ada mereka berdua. Angin seolah berhenti dan membuat Dhea berkeringat.

"Ma-mau minum apa, M-Mas?"
"Ng-nggak ... enggak usah," Farhan menjawab kikuk.
Mereka terdiam untuk beberapa saat.
"A-aku ... enggak *tau* kalau Yasmin–"
"Adikku?" Dhea mengangguk. "Kamu *gimana?* Sudah ke dokter?"
"Belum, ta-tapi ini mau baikan."
"Jangan keras kepala, Dhe. Jika memang masih sakit cepat berobat. Jangan bikin orang cemas." Dhea menunduk saat tadi matanya bersitatap dengan mata teduh milik Farhan.
"Rio, Siska dan Yasmin sangat menyayangimu, setidaknya sehatlah untuk mereka."
"I-iya ... Mas."
Yasmin keluar dari arah belakang sambil cengengesan. "Maaf, Mbak. Tadi nyetornya lama." Dhea tersenyum tapi tidak dengan Farhan, dia mendelik melihat kelakuan adiknya itu.
"Kamu itu, Yas, lambung lagi bermasalah nekad beli seblak."
"Ini bukan masalah lambung, Mas. Tapi karena Yas banyak makan. Eh, iya, lupa." Yasmin buru-buru membuka pintu mobil dan kembali dengan satu buah plastik berwarna putih.
"Yas tadi *beliin* Mbak Dhea seblak Mang Paijo, tapi enggak *pedes* kok. Aman," ujar Yasmin sambil nyengir.
"Duh, repot-repot kamu, Yas. *Ditengokin* juga Mbak sudah *seneng.*"

"Enggak repot, kok, Mbak. Ya kan, Mas?" Farhan yang disebut namanya hanya mengangguk kaku.

"Ehm ... Mbak, kita pulang ya, Yas takut kelamaan, entar Bunda ngomel." Dhea tersenyum tipis saat Farhan mengangguk pamit dan mengantar mereka hanya sampai pagar rumahnya.

"Yas ... sudah berapa lama kenal sama, ehm, gurumu itu?" tanya Farhan saat mobil mereka sudah berjalan melewati gapura.

"Mbak Dhea?" Farhan mengangguk, dia mengambil jalan memutar, sengaja supaya bisa bertanya lebih banyak tentang Dhea. Tidak dipedulikannya Yasmin yang bertanya heran karena mengambil jalan yang jauh dari rumah.

"Mbak Dhea mengajar ekskul menulis di sekolah sudah hampir dua tahun. Tapi kita akrab baru setahun ini. Sejak ibunya Mbak Dhea meninggal. Yas sering *nginep* di sana."

"Ibunya sudah meninggal?" Farhan tidak bisa menyembunyikan rasa kagetnya. Seketika hatinya nyeri, membayangkan gadis itu harus tinggal sendirian.

"La-lalu, apakah dia tidak ingin menikah? Apa dia tidak punya pacar?" tanya Farhan hati-hati.

"Ya pasti inginlah, Mas. Mbak Dhea itu normal. Katanya dia enggak mau pacaran."

"Kenapa?"

"Katanya belum *nemu* yang sreg. Padahal banyak yang suka sama dia, contohnya Mas Panji."

"Mas Panji? Siapa?" tanya Farhan ingin tahu.

Yasmin menguap sebelum menjawab, matanya sampai berair. "Mas Panji itu pemilik penerbitan tempat Mbak Dhea nerbitin novelnya."

"Terus?" Yasmin menoleh ke arah saudaranya yang lagi menyetir dengan pelan, alisnya menaut.

"Mas kok kepo banget, sih?" Farhan menelan ludah, dia seperti orang yang ketahuan mencuri. Gugup.

"Bukan kepo, Yas. Ini pertanyaan wajar, Mas harus tahu latar belakang orang-orang yang dekat sama kamu," Farhan menjawab sebaik mungkin.

"Kek nya B aja deh."

"B?"

Yasmin terkekeh melihat raut wajah kakaknya yang bingung. "B itu biasa, Mas. Bahasa kekinian. Payah. Mas Farhan kuno!" ejek Yasmin.

"Dia ... *gimana*. Suka sama si Panji itu?" tanya Farhan lagi tanpa mempedulikan ejekan Yasmin.

"Mbak Dhea *keknya* enggak tertarik. Padahal Mas Panji itu kurangnya apa coba, sudah baik, *pinter*, banyak duit dan ganteng lagi."

Farhan mengerutkan kening, menggeleng mendengar penjelasan Yasmin tentang sosok Panji. "Kamu kok *tau* sekali?"

"Ya *taulah*, Mas. *Wong* Yasmin sering *nemenin* Mbak Dhea jika Mas Panji main ke rumahnya." Yasmin mengubah posisi duduknya dengan menyandarkan kepalanya di kaca samping kirinya.

"Dia pernah main ke sana?"

"Iya, sering. Tapi Mbak Dhea enggak pernah mau nemuin kalo enggak ada *temennya*."

Farhan terdiam, pikirannya dipenuhi tentang Dhea. Gadis kecil dulu yang begitu periang. Farhan hendak bertanya lagi, tetapi diurungkannya kala melihat Yasmin tertidur.

Bab 9

Ponsel Farhan berpendar saat mobil memasuki perkarangan rumah. Suara ban mobil yang menginjak kerikil begitu terdengar nyaring di tengah heningnya malam.

Farhan melihat Siska sudah berdiri bersandar di pinggir pintu. Dia menarik napas panjang, mendesah resah. Siska yang cantik dan baik, seorang istri yang sempurna. Tapi hatinya tidak menampik adanya cinta di masa lalu, cinta yang masih bertahan hingga kini. *Dhea*.

Farhan menyugar rambutnya dengan tangan kiri, sementara tangan kanannya yang berkeringat memegang stir mobil. Jujur saja, dia tidak tenang.

"Malam sekali, Mas?" tanya Siska. Dia membuka pintu lebar-lebar saat dilihatnya Yasmin turun dan berjalan dengan sempoyongan.

Farhan memberikan plastik kresek yang isinya beberapa bungkus seblak. "Simpan di kulkas, Ma. Besok aja makannya. Yang pengin seblak *dah* molor."

Siska segera menuju dapur sementara Farhan langsung masuk kamar dan mengganti pakaian.

"Kok, malam sekali, Mas?" tanya Siska lagi saat mereka sudah berbaring di atas tempat tidur.

Farhan memijit pelipisnya yang sedikit berdenyut. "Tadi ngantre lama di warung seblak. Mama sendiri kenapa belum tidur?"

"Belum ngantuk, mungkin karena belum minum obat." Farhan menoleh, melihat Siska yang sedang menatap langit-langit kamar.

"Sekarang obatnya sudah diminum?" tanya Farhan khawatir.

"Sudah, barusan tadi."

"Ya sudah, tidur sekarang. *Love you*, Ma." Farhan mengecup kening istrinya dan menghidupkan lampu tidur setelah dia mematikan lampu kamar.

Farhan belum bisa terpejam, bayangan Dhea mengusik pikirannya. Membayangkan gadis itu harus tinggal sendirian membuatnya sedih.

Dengan pelan Farhan bangkit duduk, dipastikannya Siska sudah benar-benar terlelap. Sedikit gemetar dia meraih ponsel istrinya dan mencari nomor kontak Dhea. Dhea mengganti nomor ponselnya setahun saat mereka terakhir kali bertemu.

Lama dia menatap benda pipih itu, menarik napas panjang lalu dia letakkan kembali ke atas nakas.

***

Dhea duduk termenung di ranjangnya, serba salah akan perasaannya. Tidak seharusnya dia merasakan rindu. *Rindu yang menurutnya kini tabu.*

Wajah Farhan dan Siska bergantian memenuhi isi kepalanya. Matanya menerawang dan sudut matanya menangkap buku *diary* berwarna *baby pink* yang tersimpan di rak meja belajarnya. Buku pemberian Farhan saat dia kelas dua SMA, saat Dhea memenangkan lomba puisi di sekolahnya.

Diambilnya buku itu dan dibukanya. Matanya berair saat membaca sebaris kalimat di halaman pertama.

'For my sweet girl ... tetaplah hangat dan menenangkan, seperti bunga-bunga matahari yang kau tanam'

Setetes air mata jatuh membasahi buku diary-nya. Dipeluk dan diciumnya, sungguh dia rindu. Rindu yang teramat sangat. Berkali-kali dia beristigfar, mengenyahkan rasa yang baginya tak lagi pantas.

Dia merasa dirinya begitu jahat terhadap Siska, Farhan dan terlebih pada dirinya sendiri. Dhea seolah berada di tengah-tengah labirin, kesusahan mencari jalan untuk keluar.

***

Hari masih begitu pagi, matahari pun belum menampakkan sinarnya. Tapi dia sudah bersiap-siap untuk pergi. Cinta pengaruhnya memang sangat luar biasa. Dari seorang yang terbiasa bangun siang, kini jadi rajin bangun pagi-pagi. Demi menjadi seseorang yang saleh bagi wanita yang dia cintai.

Semua perlengkapannya sudah dimasukkannya ke dalam tas ransel, tidak lupa bibit bunga matahari yang sudah dia siapkan ke dalam sebuah kotak yang bergambar pelangi dengan beberapa kupu-kupu.

Hatinya menghangat, senyum terkembang di bibirnya. Dia mengamati penampilannya di cermin. Dengan mengenakan celana khaki dan kemeja biru muda, dirinya merasa sangat tampan. Disisirnya lagi rambutnya yang memang sudah rapi.

Dhea, nama itu sudah beberapa bulan ini selalu membuatnya berbeda dan bersemangat. Sejak pertama kali jumpa, dia sudah jatuh hati. Mungkin inilah yang dinamakan *love at the first sight*.

Cinta pada pandangan pertama. Saat itu dia sedang berjalan keluar kantor, dia melihat di ruang tunggu duduk seorang wanita dengan wajah ayu yang dibingkai jilbab berwarna *peach*, duduk di bangku dekat vas bunga. Pucuk dicinta, saat dia tengah memperhatikan, Dhea mengangkat wajahnya dari layar ponsel.

"Assalamu'alaikum, Mbak. Menunggu siapa ya?" sapanya dengan senyum di bibir.

"Wa'alaikumsalam, Pak. Ini lagi *nunggu* Mbak Lala."

"Oh, Lala, ya. Dia lagi keluar sebentar. Sudah ada janji?" Dhea mengangguk dan menggeser duduknya saat melihat laki-laki yang menyapanya ikut duduk.

"Kenalkan, Panji. Sepertinya aku terlalu tua untuk dipanggil bapak. Panggil saja bang, kakak atau mas juga boleh." Panji semakin terpesona saat melihat Dhea tersenyum.

Hampir satu jam mereka mengobrol. Banyak hal yang bisa dijadikan bahan obrolan. Panji merasa nyaman berbicara sama Dhea. Kehadiran Lala membuat Panji mengeluh. Dan bukan Panji namanya kalau tidak bisa mendapatkan nomor telepon Dhea.

Panji masih mematut dirinya di depan cermin, senyumnya masih merekah. Dia ingin memberikan kejutan pada Dhea, karena selama ini dia selalu memberi kabar jika akan bertandang.

Pintu kamarnya tiba-tiba terbuka saat tangannya hendak meraih kunci mobil. Dia hampir saja berteriak saat melihat ibunya masuk dengan wajah tak berdosa.

"Mamaaa ... kaget *tau!* Kok enggak ngetuk pintu dulu." Panji mengelus dadanya yang berdetak tidak karuan.

"Kaget, kaget! Sudah dari tadi Mama panggil kamu." Bu Widya mengerutkan keningnya saat melihat anak laki-lakinya sudah wangi dan rapi.

"Ganteng ya, Ma?" seloroh Panji saat melihat ibunya terheran-heran.

"Mau ke mana kamu?"

"*Cariin* Mama mantu," jawab Panji sambil nyengir.

Bu Widya menarik bibir kanannya. "Alah, paling *bentaran* doang, seperti yang sudah-sudah."

"Ih, jangan *nuduh* dulu. Yang ini beda, Ma," pungkas Panji.

Bu Widya duduk di ranjang dan memperhatikan ransel yang sudah siap.

"Serius, kamu?" Panji mengangguk yakin. Dan berbalik menghadap ibunya.

"Makanya, Mama bantu doa, biar berhasil. Yang ini susah."

"Cantik?"

"Lebih tepatnya manis, Ma. Enggak *bosen* liatnya."

"Eh, mana boleh *mandangin* perempuan yang belum halal lama-lama," tukas Bu Widya sambil menjewer telinga anak laki-lakinya.

"Ya enggak di depan orangnya juga, Ma." Panji membela diri.

"Sama saja, dalam pikiran pun enggak boleh. Jangan terlalu menyukai orang, Ji. Apalagi masih bebas seperti ini. Karena kita enggak tau jodoh akan berlabuh pada siapa. Paham."

Panji menarik napas panjang, memang jodoh tidak ada yang tahu. Apalagi selama ini Dhea belum ada gelagat merespon rasa sukanya. Padahal sudah sering dia menunjukkan sinyal, jika dia menaruh harapan untuk gadis itu. Mengingat itu membuat Panji menjadi sedikit *down*.

"Untuk itu Mama berdoa, bantu Panji, ya." Bu Widya tersenyum. Dielusnya punggung anaknya.

"Semua orang tua pasti dan selalu mendoakan yang terbaik untuk anak-anaknya. Melihat perubahan kamu, pasti dia wanita baik."

Panji kembali tersenyum mendengar pujian dari ibunya untuk Dhea. Mengucap basmalah di dalam hati, Panji meyakinkan diri untuk mewujudkan mimpi. Dia akan melakukan segala yang terbaik yang dia bisa lakukan.

Seterusnya biarlah Sang Pemilik Hati yang menentukan. *Bismillah!*

Bab 10

Masih pagi, tapi di kediaman kakek Farhan sudah ramai. Bukan saja karena kicauan burung-burung yang hinggap di dahan pohon rambutan. Melainkan Bu Retno juga ikut ambil peran dalam memeriahkan suasana.

Di meja makan, saat semua anggota keluarga sudah berkumpul, Bu Retno semakin semangat melatih pita suaranya. Yasmin yang menjadi sasarannya hanya terdiam dengan wajah malas.

"Jadi, gimana? Seblak ini mau *diapain*, hah?"

"Ya diangetinlah, Bun."

"Sudah enggak enak lagi."

Yasmin tidak menjawab lagi, dia mengambil mangkuk saat Siska membawa seblak yang sudah dipanaskan. Dengan perlahan dia mengunyah.

"Tuh, kan, masih enak!" ujar Yasmin setengah berteriak. Dia tersenyum mengejek saat ibunya ikut mengambil mangkuk setelah mencoba mencicipi seblak miliknya.

"Sudah! Diem!" perintah Bu Retno saat Yasmin hendak membuka mulut. Pak Wira, Farhan dan Siska hanya tersenyum melihat kelakuan ibu dan anak itu.

"Mbak Sis, bujukin dong Mas Farhan, biar mau pindah ke sini," bisik Yasmin pada kakak iparnya, tapi meskipun begitu semua yang ada di meja bisa mendengarnya. Nampak wajah-wajah penuh harap mendengar ucapan Yasmin, kecuali Farhan.

"Di sini enak lho, Mbak, udaranya *seger*, jauh dari polusi. Orang-orangnya ramah. Eh, Yas ada *temen* yang *baek* banget. Orangnya cantik, *pinter* lagi."

"Oh, ya?" Yasmin mengangguk pasti, keningnya berkeringat karena rasa pedas dan hangatnya seblak.

"Iya, dia itu Penulis novel. Tulisannya keren. Ceritanya itu bikin orang susah *move on*."

"Iya, kah?"

"Iya, Mbak. Seandainya Yasmin punya kakak satu lagi, Yas mau ngejodohin Mbak Dhea sama kakak Yasmin."

Farhan yang mendengar itu menjadi terbantuk, air kopi yang sedang diminumnya muncrat dan mengenai baju kaosnya.

Dengan cepat dia pergi ke wastafel dan mengambil beberapa lembar tisu. Dia menekan dadanya yang berdetak cepat. Sementara tangan kirinya berpegangan pada pinggiran wastafel.

Dapat dia dengar Yasmin yang mengajak Siska untuk bertandang ke rumah Dhea. Pikiran Farhan tidak menentu, dipejamkannya mata untuk beberapa saat. Menarik napas dalam, dia kembali ke meja makan.

"Nanti kita ikut Yasmin, ya, Pa. Mama penasaran sama temannya," ajak Siska. Farhan hanya mengangguk sekilas.

"Habis sarapan kita ke sana, ya, Mas," ujar Yasmin bersemangat.

"Jangan pagi juga, Yas. Enggak enak bertamu pagi-pagi," timpal Farhan. Dia hanya meminum kopi, selera untuk sarapan sudah hilang.

"Enggak apa-apa, Mas. Yas sudah biasa, kok. Malah Yas sering *nginep*. Ya, kan, Bun?" Yasmin meminta dukungan ibunya.

Bu Retno hanya mengangkat alisnya, semangkuk seblak yang tadi diambilnya sudah habis tandas.

"Terserah kamulah." Farhan menyerah, percuma mendebat jika ibunya saja tidak protes.

***

"*Emang* rumahnya dekat, Yas?" tanya Siska saat mereka jalan kaki melewati kebun dan rumah warga.

"*Deket*, Mbak. Nah, itu sudah *keliatan*, Mbak lihat kan, bunga matahari yang tinggi itu?" Siska melihat arah telunjuk Yasmin lalu mengangguk.

"Itu rumahnya?"

"Iya. Sekali *maen* ke sana sudah bikin betah lho, Mbak."

Siska menoleh pada Farhan. "Papa semalam *nganter* Yasmin ke sana?" Farhan hanya mengangguk.

Saat mereka sampai di depan pagar rumah Dhea, Yasmin berbisik untuk tidak bersuara. Dia berjalan mengendap-endap. Saat berada di halaman samping, tampak Dhea sedang duduk membelakangi mereka. Kepalanya bersandar pada pohon jambu biji, di depannya ada laptop terbuka yang memutar lagu Terlanjur Mencintanya Tiara Andini.

Yasmin berjalan perlahan, sementara Farhan dan Siska menunggu di belakangnya. Yasmin berdiri sedikit membungkuk dan kedua tangannya menutup mata Dhea.

Tapi segera dilepasnya saat dia merasakan telapak tangannya basah.

Yasmin memutari bangku panjang dan menggenggam tangan Dhea. "Kenapa, Mbak? Ada apa?"

Dhea menyeka pipinya yang basah dengan tisu yang dia genggam sedari tadi. "Ng-nggak apa-apa, Yas."

"Bohong. Apa ada sesuatu?"

Dhea bergeming, tidak ingin menjawab iya. Menyimpan rasa hatinya yang sedang tidak baik. "Tumben minggu pagi sudah keluar."

"Jangan mengalihkan pertanyaan. Mbak kenapa?" tanya Yasmin lagi.

"Pusing, Yas."

"Bohong. Mana ada orang pusing *dengerin* lagu *melow sampe* mata bengkak dan suara serak gitu."

Dhea tersenyum tipis, Yasmin yang biasanya manja dan kekanakan kini mencercanya layaknya gadis dewasa. Seketika Dhea menutup mulutnya saat matanya bertemu dengan dua pasang mata yang menatapnya dari jauh.

"Kinan!" seru Siska. Setengah berlari dia berjalan menghampiri Dhea. Yasmin yang melihat itu menggeser duduknya.

"Kenapa?" tanya Siska khawatir.

Dhea menunduk, tangannya yang dalam genggaman Siska sedikit gemetar. Apalagi saat mengetahui Farhan duduk di bangku seberang dan tepat dihadapannya. Dari sudut matanya dia tahu jika Farhan menatapnya lekat.

"Eng-enggak, enggak ada apa-apa, Mbak. Cuma masih pusing."

"Bohong, Mbak," timpal Yasmin.

"Yas ...." Siska menoleh ke arah Yasmin yang ada di samping kanannya. *"Bener,* masih pusing, wajahmu *beneran* pucat, Kinan. Kita periksa ya," bujuk Siska.

"Eng-enggak, enggak usah, Mbak."

"Harus Kinan. Ini sudah lima hari kamu sakit." Siska menatap Dhea khawatir, menurutnya tidak wajar ada orang sakit selama lima hari dan belum sembuh.

"Bener, Mbak. Enggak usah, aku cuma itu—"

"Apa?"

"Lagi haid," ujar Dhea berbisik, tapi mampu didengar oleh Farhan dan dia tidak percaya itu. Perhatiannya terbagi antara Dhea dan sebuah buku yang sangat dikenalnya. Diary berwarna merah muda yang pernah dia hadiahkan untuk gadis itu.

Dengan gugup Dhea membereskan buku-buku dan laptop, semakin tidak keruan hatinya saat matanya sekilas beradu pandang dengan Farhan.

"Kamu punya obatnya?" tanya Siska. Dhea menggeleng dan membuatnya menyesal karenanya.

"Yas, di sini ada apotek, enggak?"

"Mbak mau ap—"

"Sudah, *diem.* Nurut, ya." Dhea menarik napas, percuma membantah jika Siska sudah seperti ini. Sungguh dia merasa senang diperhatikan tapi juga tidak enak hati. Siska dan Yasmin beranjak pergi dengan Farhan berjalan di belakang.

Dhea kembali menyandarkan kepalanya saat dia kembali sendiri. Dia tidak berbohong tentang kepalanya yang berdenyut sakit. Tetapi untuk alasan kenapa sakitnya itu, dia berdusta.

"Kenapa berbohong?"

Dhea menegakkan kepalanya, melihat laki-laki bermata teduh yang kembali duduk di tempat yang sama. Di depannya.

"Berbohong soal apa?" Dhea bertanya heran. Dan dia terdiam saat Farhan menunjuk sebuah novel di atas laptopnya.

"I-itu ...."

"Hanya fiksi?" Dhea mengangguk kaku, dia sadar kali ini tidak bisa berbohong, tapi tetap dia lakukan juga.

"Kamu kejam, Dhe." Dhea menahan napasnya saat mata itu menatapnya dengan tatapan kecewa. Dia menunduk pasrah seperti seorang pesakitan yang sedang menunggu vonis hukuman.

"Kamu membuatku seperti orang gila. Membuatku mati rasa." Dhea tetap bergeming, membiarkan Farhan meluapkan kecewanya.

Farhan berdiri, berjalan menuju lahan kecil tempat di mana ibunya Dhea dulu menanam berbagai macam apotek hidup. Kemudian dia berbalik menghadap teman sekolahnya dulu.

"A-aku ... aku tidak tahu tentang ibumu. Semoga Allah menyayangi beliau." Farhan memejamkan matanya sejenak. "Berat pasti untukmu."

Dhea mendengarnya menjadi sedih, mengingat hubungan ibunya dan Farhan dulu yang begitu dekat.

"Dhe ... apa kamu masih mencintaiku?"

Dhea seketika mengangkat wajahnya, kaget dengan pertanyaan yang dia dengar. Sesaat pandangan mereka terkunci, tapi tersadar saat mendengar suara mobil berhenti di depan rumahnya.

🌼 Bab 11

Dhea melihat mobil Panji parkir di depan rumahnya, dari dalam sana keluar Yasmin dan Siska dengan membawa dua plastik besar.

"Assalamu'alaikum, *Princess*. Lho, kenapa?" Panji heran melihat mata Dhea yang sembab. Farhan yang melihatnya memalingkan wajah tidak suka.

"Mbak Dhea sakit, Mas," celetuk Yasmin.

"Kok, enggak bilang?" tanya Panji tanpa mengindahkan Yasmin.

"Idih! Emang Mas Panji siapa?"

"Yaaass ...."

Yasmin merengut saat Panji menegurnya. Dhea yang merasa risih dengan perhatian laki-laki itu hanya tersenyum. Sungguh dia tidak enak dengan Siska, terutama Farhan yang memandang jengah. Dan itu membuatnya tidak nyaman.

"Yasmin *ngomong ngasal*, Mas. Orang cuma pusing biasa dibilang sakit." Segera Dhea membungkam mulut Yasmin dengan menginjak kakinya, saat gadis itu hendak kembali bersuara.

"Lah, pusing itu juga sakit, Dhea. Sakit kepala namanya." Panji kembali berjalan menuju mobil dan membawa tas ranselnya.

"Eh, bawa ransel, Mas Panji mau *nginep* di sini?" Yasmin bertanya heran saat melihat ransel yang dibawa Panji.

"Iya."

"Mana boleh, Mas. Bukan muhrim, enggak halal," cetus Yasmin.

"Aku halalkan *kalo* begitu. *Gimana*, Dhe?"

Farhan yang mendengar itu menahan napas sejenak, rahangnya mengeras. Rasanya ingin sekali dia menendang bokong laki-laki itu. *Kesal dia.*

"Mau ke mana, Mas. Bawa-bawa ransel?" Dhea merasa heran, karena jika Panji ingin berkunjung selalu memberi kabar.

"Mas Panji minggat, ya?" tanya Yasmin yang membuat Siska dan Dhea tidak bisa untuk tidak tertawa.

"Sembarangan, memangnya aku ini kamu, bocah!"

"Idih, Yasmin dibilang bocah." Yasmin bersungut.

"Sengaja mau ke sini, Dhe. Oh, ya, aku ada sesuatu." Panji membuka ranselnya dan mengeluarkan sebuah kotak kecil.

"Buat kamu." Dhea mengamati kotak itu sekilas. "Coba dibuka."

Mata Dhea berbinar saat melihat isinya, senyumnya merekah. Farhan membuang muka melihatnya, dia duduk dengan bersedekap. Berdeham seolah tenggorokannya seret.

Dhea melihat itu menarik kembali senyumnya. "A-aku, aku bikin teh dulu."

"Nggak usah, Mbak aja. Yuk, Yas." Siska bersama Yasmin masuk ke dalam rumah melalui pintu samping. Dhea semakin serba salah duduk bersama dua orang laki-laki yang memiliki sikap yang tidak biasa terhadapnya.

Di atas meja bagitu banyak makanan yang terhidang, mereka juga membeli lima bungkus nasi. Semua Panji yang membelinya, mereka bertemu di jalan saat Yasmin dan Siska hendak pergi ke apotek.

Menahan rasa tidak enak hati karena sebagai tuan rumah Dhea hanya duduk, sementara yang menyiapkan segalanya Siska dan Yasmin. Siska nampak begitu khawatir, jika Dhea akan kelelahan.

"Jadi, *gimana?* Mbak harus manggil apa. Dhea apa Kinanti?" tanya Siska di sela mereka makan nasi.

"Dhea aja, Mbak."

Siska mengangguk, tapi tiba-tiba keningnya mengerut, dia seperti ingat sesuatu.

"Tunggu dulu ... Disti, tokoh utama di novelmu itu nama kamu bukan, Dhe? Dhea Ishika Kinanti."

Dhea yang mendengarnya menjadi tersedak, dengan cepat Panji meraih gelas yang berisi air putih. Dhea mengambil gelas itu, berpura-pura tenang saat mata Farhan menatapnya tajam.

"Cukup, terima kasih." Dhea menolak saat Panji mau memberi segelas air lagi padanya.

"*Gimana*, Mbak?" tanya Yasmin.

"Apanya?"

"Disti itu *bener*, diambil dari nama Mbak Dhea?"

Dhea tersenyum tipis, jemarinya saling meremas di bawah meja. "Bu-bukan."

Farhan mendesah pelan, dan Dhea tahu. Meskipun jarak mereka terhalang meja, dia bisa merasakan kecewa laki-laki itu.

"Tapi ceritanya itu hidup banget lho, Dhe." Siska menimpali.

"Mbak Dhea *mah* keren, cerita fiksinya bikin orang meleleh." Yasmin berujar sambil tangannya mengaduk es dawet.

"Lilin kali, meleleh," gurau Panji yang membuat semua orang tertawa kecuali Farhan.

Adzan zuhur berkumandang di musala yang letaknya tidak jauh dari rumah Dhea. Mereka berlima berjalan menuju ke sana dan salat berjemaah dengan beberapa warga yang lain.

Dhea meresapi setiap bacaan salatnya dan di sujud terakhir dia berdoa supaya Allah menghilangkan rasa cintanya pada Farhan. Berharap mereka bisa melanjutkan hidup masing-masing tanpa harus saling memendam rasa.

Langkah Dhea terhenti di depan pagar musala saat suara bariton memanggilnya.

"Dhea …."

"Iya, Kang," sahut Dhea saat dia tahu Miswan yang memanggilnya. Yang lain jadi ikut menghentikan langkah.

"Nanti sore jangan lupa *bantuin* akang ngajar anak-anak. Rahayu hari ini enggak bisa bantu."

"Iya, Kang. Insya Allah."

"Oh, ya, Dhe. Rumah jangan lupa dikunci, meskipun siang. Sekarang lagi musim maling." Farhan dan Panji menoleh saat mendengar ucapan yang penuh perhatian.

"Iya, Kang. *Makasih.*" Dhea segera berlalu saat Yasmin menggamit lengannya.

"Dia siapa, Dhe? Perhatian banget," tanya Panji, wajahnya nampak tidak suka.

"Saingan Mas Panji," jawab Yasmin sambil nyengir.

Farhan menatap Dhea. Sama seperti Panji, dia menunggu jawaban tentang laki-laki yang tadi menjadi imam mereka salat.

"Kang Miswan itu pengurus musala sekaligus guru mengaji. Dhea juga ikut mengajar di sana."

"Sepertinya naksir kamu," cetus Panji sedikit kesal.

"Ya enggak tau, Mas. Jika pun iya, itu kan hak dia."

"Jangan mau."

"Ih, kok, Mas Panji *ngatur*. Itu kan haknya Mbak Dhea mau nerima atau enggak."

Panji mengerling ke arah Yasmin. "Adik kecil ... Mbak Dhea-mu ini hanya buat Mas Panji yang gantengnya paripurna ini."

Farhan mendengkus kesal, dilihatnya Dhea yang menatap ke arah rumahnya. "Yas, kita pulang."

"Tuh, *diajakin* pulang. Pulang sana," ucap Panji dengan senyum senang.

Yasmin menaikan alisnya. "Kalo kita pulang, Mas Panji juga harus pulang."

"Ih, peraturan dari mana itu?"

"Mas, enggak boleh berdua-duaan dengan yang bukan mahram." Siska mengangguk setuju. Mereka sudah sampai di depan rumah Dhea, di mana mobil Panji terparkir.

Panji menggaut tengkuknya yang tidak gatal. "Satu jam saja."

"Yaelah, kek lagu. Enggak boleh, Mas," celetuk Yasmin.

"Setengah jam, enggak apa-apa, kali," Panji memelas.

"*Tetep* enggak boleh!" Lagi-lagi Yasmin yang menjawab.

Panji pasrah dan menyerah saat beberapa pasang mata memandang tidak setuju.

"Mas, terima kasih, ya bibit bunga mataharinya," ucap Dhea saat Panji sudah di dalam mobil.

Panji mengangguk. "Itu kata yang jual mekarnya lama, sekitar dua bulan. Sengaja cari yang lama, biar awet, seperti rasaku ke kamu."

Dhea, Siska dan Yasmin kompak tertawa mendengar gombalan Panji. Tawa Dhea terhenti saat mata Farhan menyorot padanya.

"Oh, ya, Dhe. Di dasar kotak ada sesuatu."

"Apa?"

"Surat cinta. Aku *nembak* kamu, mau ngomong langsung enggak berani."

"Gombaaaallll!" teriak Yasmin. Lagi-lagi dia dan kakak iparnya tertawa, matanya sampai berair.

"Mas Panji lucu ya, Mbak. Katanya enggak berani nembak, tapi omongannya *ngarah* ke sana terus," kekeh Yasmin yang dibalas anggukan Siska. Panji nyengir sambil menggaruk kepalanya.

"Yas, entar Bunda nyariin," sela Farhan.

Yasmin yang tersadar menoleh ke arah Panji. "Mas Panji *cepetan* pulang, kita juga mau pulang ini," usirnya.

"Lah, tuan rumahnya *diem bae*." Panji bersungut.

"Iiihhh ... bawel! *Dibilangin* enggak boleh dua-duaan juga."

"Iya-iya! Cerewet! Dhe, nanti kalo aku datang lagi, obat nyamuknya diganti merk lain." Panji memeletkan lidahnya kepada Yasmin.

"Ish, *paan*," desis Yasmin.

Dhea masih berdiri di depan pagar rumahnya saat tamunya sudah pulang. Pipinya hangat karena tertimpa matahari, tapi tidak hatinya.

Bab 12

Dhea menstater motornya berkali-kali, sudah juga dicoba diengkol, tetap juga tidak mau menyala. Tangki minyak masih terisi setengahnya. Peluh membasahi keningnya, beberapa bagian jilbabnya sudah basah.

Dilihatnya jam di pergelangan tangan kirinya menunjuk pukul setengah tujuh. Dhea memijit pelipisnya.

Kalau ke bengkel, dia harus mendorong motor. Jarak rumah ke bengkel sepuluh menit jika harus berjalan kaki. Jika dia harus menunggu maka dibutuhkan waktu beberapa menit. Itupun jika motornya langsung diperbaiki. Sedangkan dia mendapat jadwal mengajar jam pelajaran pertama.

Akhirnya Dhea memutuskan untuk memasukkan motornya dan berjalan kaki menuju ke tempatnya mencari rezeki.

Saat Dhea menuntun motornya, ada suara laki-laki menyapanya. Saat dia menoleh, dilihatnya Miswan sedang berdiri di luar pagar, memikul sekarung bayam. Miswan memang memiliki kebun sayur dan kolam ikan.

"Kenapa, Dhe?"

"Enggak *tau nih*, Kang. Mogok," jawab Dhea dengan napas tersengal.

"Sudah coba diengkol?" Dhea mengangguk

Miswan meletakkan karung bayam di pinggir jalan, kemudian berjalan ke halaman samping dan mengecek motor *matic* berwarna *baby pink* milik Dhea.

Entah sudah berapa kali Miswan mencoba menghidupkan motornya. Dhea melihat bulir-bulir keringat di tubuh laki-laki yang berkulit kecokelatan itu.

"Sudah, Kang. Nanti dibawa ke bengkel aja," ujar Dhea tidak enak hati.

"Mungkin harus ganti busi, Dhe."

"Iya, Kang."

"Terus, kamu *gimana*?" tanya Miswan, tangannya menyeka kening yang berpeluh.

"Aku mau jalan kaki *aja*, Kang."

Miswan melihat karung bayamnya. "Akang simpan sayur dulu, Dhe. Nanti Akang *anter* kamu."

"Duh, enggak usah, Kang. *Ngerepotin*," tolak Dhea.

"Enggak. Enggak *ngerepotin*. Akang sekalian mau beli pupuk."

Dhea nampak menimbang, dan akhirnya setuju untuk diantar. Miswan bergegas mengangkat karung bayam. Dhea melirik arlojinya. *Telat sedikit tidak apa-apa*, pikirnya.

Tidak sampai sepuluh menit Miswan datang dengan motor bebeknya. Dhea langsung naik ke atas motor. Saat mereka melewati poskamling, terdengar suara klakson mobil. Miswan menepikan motornya, Dhea melihat Siska dan Farhan yang duduk di belakang kemudi dengan tatapan tidak suka.

Senyum kedua wanita itu terkembang. "Mau ke mana, Dhe? Diantar jemput ya?" tanya Siska dengan pandangan jahil.

"Mau *ngajar*, Mbak. Motorku tadi mogok, kebetulan Kang Miswan mau beli pupuk, jadi *numpang* bonceng. Mbak sendiri mau ke mana?"

"Mau ke pasar. Mas Farhan mau soto, katanya. Rencananya pas pulang mau mampir ke rumah kamu. Kata Yasmin kamu jago masak."

Dhea tersenyum tipis, dia bisa melihat Farhan yang menopang dagunya dengan tangan kanan.

"Maaf, enggak bisa, Mbak."

"Ya, sudah, enggak apa-apa. Kamu berangkat, *gih*. Entar telat." Dhea mengangguk, dadanya berdesir saat Farhan menatapnya.

Farhan menatap nanar Dhea yang pergi. Hatinya gundah tidak keruan, mengingat bukan hanya Panji yang menaruh minat pada gadis itu.

"Sepertinya Panji ada saingan berat, ya, Mas," ujar Siska.

"Entahlah!" Farhan menyahut dengan malas. Dihidupkannya mesin mobil lalu meninggalkan tempat itu. Siska menoleh sekilas, dia melihat raut wajah suaminya yang berubah masam.

***

Jam dua siang Dhea baru sampai di rumahnya. Dia menolak tawaran Miswan yang ingin menjemputnya, dan memilih untuk berjalan kaki.

Dhea bukannya tidak tahu jika laki-laki itu menaruh harapan padanya. Dia hanya belum siap untuk menerima kehadiran cinta lain. Bukan karena dia masih terperangkap dalam ruang nostalgia. Bukan.

Dhea ingin menerima kehadiran hati yang lain dengan tulus, bukan karena ingin lari dari bayang masa lalu. Dhea tahu saatnya kapan, yang pasti tidak sekarang.

Segera dia mengganti baju dan menyibukkan diri di dapur. Adiknya, Rio, akan pulang hari ini. Mengingat itu, bibirnya tersenyum tipis. Hanya Rio yang dia miliki saat ini. Bapaknya pergi saat Dhea masih duduk di bangku kelas lima SD. Ibunya menyusul saat dia sedang menyusun skripsi.

Sama seperti dirinya, Rio juga kuliah nyambi kerja. Orang-orang seperti mereka harus berjuang ekstra keras demi menaikkan nilai pandang dari orang yang memiliki hati dengki.

"Sok mau kuliah! Kamu pikir biayanya murah." Sonya berkata sinis, senyum mengejek tampak dari bibirnya. "Kamu ingin menjeratnya, kan? Dengan tampang polosmu, kamu kira aku tidak tahu niatmu ingin menjadi nyonya di keluarga Rahardjo."

Dhea memilih diam saat Sonya mencegatnya di jalan menuju warung tempat biasa dia menitipkan tape. Karena melayani mulut yang kotor itu malah akan membuatnya ikut kotor.

Sakit sekali hatinya dituduh seperti itu. Dia memang miskin, tidak sederajat sama mereka. Tapi bukan berarti dia miskin harga diri. Jika saja Sonya memiliki rasa malu, seharusnya dialah yang malu, terobsesi pada sepupu sendiri.

Dhea menghentikan lamunannya saat suara motor berhenti di halaman samping rumahnya. Saat dia membuka pintu, Rio sudah berdiri dengan ransel di pundak.

***

Farhan menyesap kopinya yang masih hangat, uapnya mengepul perlahan dan hilang di udara. Perasaannya tidak tenang mengingat Dhea. Dari tadi dia gelisah.

Rahangnya mengeras, sungguh dia cemburu pada guru mengaji itu. Terlebih saat Dhea menghindarinya tadi, seolah-olah dia tidak ada di sana.

"Ada masalah, Pa?" Farhan menoleh, dan melihat Siska yang duduk di sebalahnya.

"Sedikit, urusan kerjaan," jawab Farhan berdusta.

Siska mengangguk, dia mengambil sepotong pisang goreng dan mengunyah perlahan.

"Oh, iya, Papa kenapa enggak cerita kalo guru Yasmin itu Dhea?"

Farhan menela ludahnya dan menggeser posisi duduk. Dia kikuk, tidak terpikir jika Siska akan bertanya hal itu.

"I-itu, Papa lupa, Ma." Farhan meraih cangkir kopi dan meneguknya sedikit. Siska hanya mengangguk dan menikmati pisang goreng dengan taburan susu dan keju.

"Pa ... bagaimana jika rumah kita jual saja," usul Siska.

"Dijual? Terus kita tinggal di mana?" Farhan bertanya heran, keningnya tampak berkerut.

"Kita tinggal di sini."

"Mama serius mau pindah ke sini?" Farhan menatap istrinya, dia menarik napas saat Siska mengangguk yakin.

Pandangan Farhan menerawang, awan gelap tampak menggantung di langit malam. Sepertinya malam ini akan hujan.

Mengingat itu pikirannya tertuju pada Dhea. Bagaimana jika hujan lebat dan gadis itu sendirian? Takutkah dia?

"Kamu pernah takut, enggak, Dhe?" tanya Farhan suatu kali, saat mereka berjalan kaki pulang dari sekolah.

"Takut soal apa?"

"Ya, macam-macam."

"Untuk orang susah seperti kami ini, kayaknya enggak ada rasa takut. Ehm … lebih tepatnya rasa takut sudah menyatu dan kebal." Dhea menjawab dengan senyum tipis.

Farhan melihatnya iba. Mungkin benar rasa takut gadis itu sudah kebal hingga mati rasa. Dhea yang sudah ikut membantu bekerja sejak bapaknya meninggal, membuatnya menjadi gadis yang kuat.

Farhan merasakan dadanya sesak, meskipun sudah ditariknya napas dalam-dalam, tetap saja sesak. Air matanya jatuh. Rasa cinta dan kasihan melebur menjadi satu, kepada gadis yang selalu dia rindu.

Bab 13

Dhea masih mengenakan mukena, dia habis membaca beberapa lembar Al Qur'an. Sembari menunggu waktu isya, dia membaca zikir dengan tasbih milik almarhumah ibunya.

Tiba-tiba matanya menangkap sebuah amplop, surat dari Panji tempo hari. Hanya ada beberapa kalimat yang ditulis dengan tinta hitam.

Aku serius dengan perasaanku Dhe. Jika kamu bersedia, aku akan melamarmu. Tolong pertimbangkan.

Yang selalu menanti

Panji Baskara

Dhea menghela napas, pikirannya mengembara pada beberapa waktu yang lalu, saat pertama dia berjumpa dengan Panji. Sosok laki-laki yang menyenangkan, anak seorang pemilik sebuah penerbitan tempat dia menerbitkan novelnya.

Saat Dhea sedang membaca ulang surat itu, pintu kamarnya diketuk dari luar.

"Masuk, Dek." Rio masuk ke dalam kamar, lalu duduk di pinggir ranjang Dhea.

"Dari Mas Panji lagi, Mbak," tanyanya saat melihat Dhea melipat surat itu. Dhea hanya mengangguk.

"Kenapa Mbak enggak mau mencoba?" tanya Rio lagi.

"Mbak belum siap."

"Karena Mas Farhan?" Dhea diam, disimpannya surat itu kedalam sebuah kotak tempat dia mengumpulkan surat-surat.

"Dicoba dulu, Mbak," tawar Rio. Dhea menggeleng lalu duduk di kursi dekat meja belajar.

"Nantilah. Kamu gimana? Kuliah sama kerjaan, semua lancar?" tanya Dhea, mencoba mengalihkan pembicaraan.

"Alhamdulillah, semuanya aman."

Sesaat suasana hening, yang terdengar hanya bunyi detak jam. Rio menaikkan kedua kakinya di atas tempat tidur, sarung yang dia pakai dia biarkan menutup seluruh kakinya. Sama seperti Dhea, nampaknya dia juga menunggu waktu isya.

"Rio kepikiran Mbak Dhea," ujarnya. Dhea menoleh, menunggu adiknya meneruskan kalimat.

"Apa Mbak belum mau menikah?"

Dhea menghela napas, dimainkannya biji-biji tasbih yang di genggam sedari tadi. Bukan baru pertama kali Rio menanyakan hal itu, sudah sering. Sampai saat ini jawabannya pun tetap sama.

"Aku tahu, Mbak Dhea ketemu lagi sama Mas Farhan," ujarnya.

Dhea menoleh kaget. *"Tau* dari mana?" tanyanya penasaran.

"Saat Mbak *nginep* di kosan, siang itu aku pulang mau *ngambil* baju ganti. Tapi aku melihat di teras ada laki-laki lagi duduk. Aku perhatikan baik-baik ternyata dia cucunya Kakek Atmo. Aku enggak tau kenapa enggak jadi masuk rumah, aku pun langsung ke kampus."

Dhea masih bergeming, pikirannya kembali saat Siska dan Farhan datang ke kosan Rio untuk mengantarkan dompetnya.

"Mas Farhan sudah menikah, Mbak."

"Mbak *tau*, Dek. Kamu enggak usah khawatir. Mas Farhan datang hanya mau mengantarkan dompet yang ketinggalan di rumahnya."

Rio menegakkan punggungnya. Dhea pun menceritakan awal mula kenapa dia bisa berjumpa kembali dengan Farhan.

"Aku enggak mengkhawatirkan Mbak. Cuma kita tidak tahu rencana setan seperti apa. Apalagi melihat dari reaksi Mas Farhan, sepertinya dia masih punya rasa sama Mbak."

Dhea mengangkat sebelah alisnya.

"Aku laki-laki dewasa, Mbak. Tidak terlalu bodoh untuk menilai rasa dari raut wajah seseorang."

"Mbak harus bagaimana, Dek?" tanya Dhea. Wajahnya menengadah ke langit-langit kamar. Tidak bisa dibohongi kalau hatinya juga masih menyimpan rasa yang sama untuk Farhan.

"Menikahlah, Mbak. Mas Panji sepertinya orang baik."

"Tapi Mbak enggak punya rasa apa-apa sama dia," kesah Dhea.

Rio terdiam.

Memang tidak bisa memaksakan hati. Tapi melihat keadaan yang seperti sekarang, membuat pikirannya sedikit terganggu. Mereka yang tidak memiliki orang tua lagi, membuat Rio berpikir keras bagaimana melindungi keluarganya. Karena Dhea ada dibawah tanggung jawabnya. Dia wali bagi kakaknya.

Sayup-sayup terdengar suara azan isya dari musala. Rio bergegas keluar dari kamar Dhea, dan berangkat menuju musala.

Dhea mengangkat takbir, melafazkan kebesaran-Nya. Menyerahkan seluruh jiwa dan raganya kepada Sang Pencipta. Air matanya luruh saat keseluruhan wajahnya menyentuh tempat sujud.

Dia yang lemah, mengadu tersedu kepada pemilik waktu. Dia tidak ingin sisa waktunya berlalu dengan sia-sia, dan membuat beberapa hati terluka.

Dalam doanya, dia meminta semoga Allah menghapus bayang-bayang Farhan dari dalam hatinya. Dia tidak ingin menjadi benalu bagi rumah tangga sahabatnya.

***

"Pa, *gimana* kalau kita pindah ke sini. Mama kayaknya betah," ajak Siska saat mereka sudah di atas tempat tidur.

Farhan yang lagi mengecek ponselnya hanya berdeham sebentar matanya tetap pada layar. "Di sini sepi, Ma. Mama baru dua hari tinggal di sini, nanti Mama juga bosan."

Siska mencebik. "Insya Allah betah, Pa. Kan ada Dhea buat temen Mama."

Farhan diam, jemarinya yang tadinya sibuk di atas layar ponsel kini berhenti. Nama Dhea mengusik hatinya. Seketika wajah manis gadis itu menari di pelupuk matanya. Ditariknya napas dalam-dalam, mengisi paru-parunya dengan oksigen.

"Dia sibuk, Ma. Tidak bisa setiap hari menemani Mama." Terang Farhan.

"Iya, Mama tau dia sibuk. Tapi Mama bisa mencari kesibukan lain. Ikut mengelola perkebunan ini, misalnya. Bunda juga pasti sangat senang jika kita pindah."

"Jangan buru-buru, Ma. Dipikir dulu."

Siska merengut, dia berbaring membelakangi suaminya. Tak dipedulikannya Farhan yang mengajaknya bicara. Farhan yang paham betul tabiat istrinya, hanya mendiamkannya.

Siska memang mudah merajuk tapi memiliki hati yang lembut. Jika malam ini dia marah, maka besoknya dia akan kembali reda. Siska bukan tipe orang yang suka membuat masalah menjadi berlarut-larut.

Farhan memijit pelipisnya yang tidak sakit. Sejujurnya dia sangat menginginkan berada di dekat Dhea, sisi hati yang dulu gersang kini bersemi kembali. Tapi sisi hatinya yang lain ada perasaan bersalah menguasai. Betapa sakitnya Siska, jika mengetahui suami dan sahabatnya memiliki rasa yang sama.

"Nanti Papa pertimbangkan, Ma," ucap Farhan. Dikecupnya puncak kepala Siska, dia tahu istrinya belum tidur.

Farhan menarik selimut, mencoba memejamkan matanya. Tetapi wajah Dhea seketika muncul. Dia mengusap wajah serta beristigfar. Setelah beberapa menit dia berusaha untuk tertidur tapi dia merasa semakin resah.

Farhan kemudian turun dari tempat tidur, berjalan keluar menuju kamar mandi. Dia ambil air wudhu, berniat untuk salat dua rakaat.

Siska yang sedari tadi memang belum terlelap, memperhatikan gerak gerik Farhan. Dia melihat suaminya begitu khusuk berdoa. Cepat-cepat dia memejamkan mata saat Farhan melipat sajadahnya.

Siska merasakan belaian lembut di kepalanya. Entah kenapa, dia merasakan sudut matanya berair. Hatinya tersentuh dengan sikap lembut suaminya. Selama berumah tangga, dia tidak pernah mendapati perlakuan kasar dari Farhan.

"Kalau belum tidur *ngadep* ke sini dong, Ma," pinta Farhan.

Siska yang pura-pura tidur kini membalikkan tubuhnya. Wajahnya sedikit cemberut. Antara kesal dan malu, karena suaminya mengetahui tingkah konyolnya.

"Nanti Papa pikirkan untuk pindah ke sini. Tapi tidak bisa dalam waktu dekat, ada pekerjaan yang harus Papa selesaikan."

Seketika senyum di wajah Siska terbit. Ditangkupkannya wajah suaminya dengan lembut.

"*Makasih* ya, Pa," ujarnya gembira.

"Enggak *dikasih* hadiah, *gitu?*"

Kening Siska berkerut. "Hadiah? Apa?" tanyanya bingung.

Farhan menyodorkan wajah dengan tampang konyolnya dan menunjuk kedua pipi, kening dan bibirnya. Siska menutup mulut, menahan suara tawa yang hampir pecah.

Bab 14

Pagi itu begitu cerah, dengan awan yang berarak seperti gumpalan kapas di bawah langit yang biru. Angin yang bertiup semilir menjatuhkan berlembar-lembar daun, jatuh ke atas pemakaman.

Dhea masih duduk di samping tempat ibunya dimakamkan. Al-Fatihah dan doa sudah dia panjatkan. Sebelumnya Dhea menziarahi makam ayahnya. Dia tadi pergi bersama Rio, tapi saat di tengah perjalanan menuju pemakaman ban motor Dhea bocor. Atas saran Dhea, Rio langsung membawa motornya ke bengkel.

Dhea merasakan sudut matanya basah. Dia rindu akan ibunya. Hatinya yang tengah rapuh semakin membuatnya nelangsa.

"Dhea harus *gimana*, Bu?" tanya Dhea pada makam yang tak mungkin menjawab pertanyaannya.

Angin yang berhembus perlahan, membuat Dhea semakin payah untuk beranjak. Jika saja tidak ada sebuah pelukan yang menyapanya, mungkin dia masih larut dalam lamunan.

"Mbak?" desis Dhea kaget.

Dia melihat Siska yang memakai jilbab berwarna hijau lembut, kini duduk di samping kanannya. Ada senyum meneduhkan di wajah putih itu.

"Sejak kapan, Mbak?" tanyanya.

"Sejak kamu ngobrol."

"Ngobrol?" Dhea mengerutkan keningnya bingung.

"Tuh, sama makam Ibu," tunjuk Siska dengan dagunya, Dhea tersenyum malu. Dari sudut matanya, dia melihat Farhan tengah menunggu di bawah pohon randu. Dhea tidak berani bersitatap dengan laki-laki itu.

"Mbak nyekar ke makam Kakek Atmo, ya?" tanya Dhea saat mereka meninggalkan makam ibunya.

Siska mengangguk. "Kok, bisa *tau* sama Kakek Atmo?" tanya Siska heran.

"Di kampung ini siapa yang enggak kenal Kakek, Mbak. Dulu orang tuaku kerja di perkebunan Kakek, aku dulu sering bantu Ibu jika libur sekolah," jawab Dhea, tatapannya menerawang. Dia tidak menyadari langkah Siska terhenti.

"Itu artinya kamu kenal Mas Farhan." Dhea yang baru menyadari kecerobohannya menjadi gagap.

"Papa tidak kenal Dhea sebelumnya, Ma. Kami tidak pernah bertemu," jelas Farhan. Dhea merasa berterima kasih sekaligus sedih saat Farhan mengatakan jika mereka tidak pernah saling kenal.

Mereka berjalan dalam diam, tidak ada yang memulai obrolan lagi. Hati Dhea yang kembali pilu kini membisu.

"Pulang sama-sama, ya," tawar Siska, saat mereka sudah di depan pagar area pemakaman.

"Nggak usah, Mbak. Aku nunggu Rio, tadi dia ke bengkel. Bentar lagi juga balik," tolak Dhea, tak dipedulikannya tatapan Farhan padanya.

"Ditelepon *aja*, Dhe. Bilang kalo kamu ikut kita." Dhea menggeleng, tidak mungkin dia duduk satu mobil dengan mereka. Hatinya pasti tidak akan nyaman.

Meskipun berat, Siska akhirnya pulang hanya berdua Farhan, suaminya.

"Kok lama, Dek?" tanya Dhea saat Rio menjemputnya.

"Sebenarnya enggak lama, Mbak. Tadi aku ke sini mau minta duit buat ongkos *benerin* motor. Aku enggak bawa duit, tapi pas mau nyamperin, Mbak lagi ngobrol sama istrinya Mas Farhan."

"Oh, tadi enggak sengaja jumpa mereka. Lalu kamu kenapa enggak *nyamperin* Mbak?"

"Bingung nanti mau *gimana* dengan mereka. Mbak kayak bersikap enggak pernah kenal gitu sama Mas Farhan," ucap Rio.

Dhea menunduk. Apa yang dikatakan adiknya memang benar. Pasti canggung jika mereka bertemu Farhan. Padahal dulu Rio dan Farhan sangat dekat. Dhea ingat, dulu saat Farhan main ke rumah dan dia lagi sibuk membantu ibunya mengupas singkong untuk dijadikan tape, Farhan akan dengan senang hati menemani Rio belajar. Kadang pulang sampai sore demi mengajar Rio pelajaran Matematika dan Bahasa Inggris.

Dhea tersenyum getir. Apa yang mereka lakukan sangat aneh. Mereka yang dulu sangat akrab kini harus berpura-pura menjadi orang lain.

Sepeda motor yang dikendarai Rio sudah memasuki halaman rumah mereka. Di sana sudah ada Miswan yang tengah duduk di balai-balai bambu teras depan rumah.

"Sudah lama, Kang?" tanya Dhea saat turun dari motor.

"Enggak, baru juga. Dari mana?" tanya Miswan.

"Habis nyekar ke makam Bapak sama Ibu." Dhea duduk di seberang Miswan, Rio datang setelah memarkirkan motor ke halaman samping rumah.

"Ada apa ya, kang?" tanya Dhea lagi.

"Ini, mau *ngasih tau kalo* musala kita akan mengadakan lomba untuk tujuhbelasan. Akang mau kamu ikut jadi panitia. Bisa?"

"Insya Allah bisa, Kang. Kapan acaranya?"

"Kira-kira dua minggu lagi. Kamu juga bisa bantu, Rio," ajak Miswan pada Rio yang duduk di sebelahnya.

Rio mengangguk. "Boleh, Kang. Kebetulan sebentar lagi libur semester. Tapi enggak janji, ya" ujar Rio sambil *nyengir*.

"Ya sudah, Akang pulang dulu," pamit Miswan.

"Mbak, *gimana kalo* sama Kang Miswan?" tanya Rio saat Miswan sudah pulang.

Dhea yang sedang membuka pintu langsung menoleh sebal. "*Apaan* sih, kamu?"

Rio yang melihat kakaknya sewot langsung terkekeh. Senang sekali dia menggoda Dhea. Rio langsung masuk ke dalam kamarnya saat dia kembali menggoda dan Dhea yang sudah siap dengan kemoceng di tangan.

***

Siska tengah sibuk di dapur saat Yasmin merengek lapar. Bu Retno yang lagi mengiris wortel menjadi jengkel dibuatnya.

"Memangnya perutmu terisi jika *ngedumel* seperti itu," gerutu Bu Retno.

Yasmin yang mendengarnya makin cemberut. Tempe mendoan yang baru diangkat kakak iparnya langsung disambarnya.

"Aauuu! Panas, Mbak."

"Salah sendiri main comot," dengkus ibunya. Siska yang tengah menggoreng hanya tersenyum geli.

"Di kulkas ada roti, Yas. Ambil *gih*, buat *ganjel*," saran Siska.

"Enggak mau ah, Yas mau tempe."

"Sambil nunggu gorengannya dingin, mending *bantuin* Mbakmu masak." Bu Retno memerintah.

Yasmin yang masih meniup tempe, mukanya sedikit cemberut saat mendengar perintah ibunya.

"Masih panas, Yas?" tanya Farhan yang datang dari kebun belakang. Dia menaruh beberapa lembar daun salam di atas meja.

Yasmin hanya mengangguk.

"Mau Mas kasih tau doanya biar makanan yang panas cepat dingin?" ucapnya.

"*Emang* ada doa biar makanan cepat dingin?" tanya Yasmin penasaran.

"Ada."

"*Gimana* doanya?"

"Kamu baca surah Yasiin tiga kali, Mas yakin makanannya pasti cepat dingin."

Suara tawa Bu Retno terdengar menyebalkan di telinga Yasmin. Siska hanya tertawa kecil, takut adik iparnya bertambah kesal.

"Sekalian aja langsung *khatamin* Al Qur'an, Mas," ujar Yasmin sebal.

"Nah, itu boleh juga," balas Farhan di sela tawanya.

"Ih, *nyebelin*."

"*Nyebelin* tapi *ngangenin*."

"*Ge-er!*" sela Yasmin.

"Liat aja besok, Mas pulang ntar kamu nangis-nangis."

Yasmin menoleh kepada Siska yang lagi menata piring.

"*Bener*, besok Mbak pulang?"

"Iya, Yas, besok Mbak sama Masmu pulang."

"Kok, cepet *bener*. Baru juga tiga hari. Tambah lagi liburnya, Mas," bujuk Yasmin.

"Tadi katanya enggak bakal kangen," ledek Farhan.

"*Bujukin* Masnya, Yas, biar mau pindah ke sini," ucap Siska sedikit berbisik.

"Setuju!" teriak Yasmin dan Bu Retno kompak. Farhan yang mendengar teriakan mereka, berjengit kaget.

"Tuh, Pa, semua setuju."

"Setuju apa ini?" tanya Pak Wira yang tiba-tiba datang dari arah depan. Diletakkannya sebuah map berwarna hijau ke atas meja.

"Mas Farhan mau pindah ke sini, Yah," jawab Yasmin bersemangat.

"Nah, bagus itu. Ayah juga mau minta bantuan kamu, Farhan, untuk mengatasi masalah perkebunan."

"Memangnya lagi ada masalah apa, Yah?" tanya Farhan serius.

"Tidak terlalu serius juga sih, tapi akan jadi serius jika kamu tidak ikut campur."

Farhan menegakkan posisi duduknya. Wajah Pak Wira terlihat serius.

"Ayah sudah tua, Farhan, ayah mudah kelelahan jika mengurus perkebunan sendiri."

"Kan ada Pak Mahmud yang sering *bantuin*? Bukannya beliau mandor yang berpengalaman, Yah?" ujar Farhan heran.

"Nah, itu dia masalahnya. Si Mahmud sudah berhenti sebulan yang lalu. Istrinya sakit, jadi dia minta berhenti untuk merawat istrinya."

Farhan manggut-manggut. "Tapi Farhan masih ada pekerjaan yang belum diselesaikan, Yah."

"Ayah juga enggak minta cepat, ini kamu pelajari berkas-berkas tentang perkebunan kita." Pak Wira menyodorkan berkas yang ada dalam map hijau.

Farhan membaca sekilas berkas tersebut. Dilihatnya senyum kemenangan Siska, dan Yasmin mengepalkan tangan serta berteriak 'yes'.

Bab 15

Dhea tengah sibuk memeriksa tugas-tugas siswanya. Ada beberapa catatan yang dia buat, melihat ada sebagian murid yang kurang memahami materi yang dia beri.

Dhea akan memberikan pendekatan pada beberapa anak didiknya. Di antaranya ada tiga orang yang bermasalah. Mereka sering sekali ketahuan tawuran dengan sekolah tetangga.

Setahu Dhea mereka sudah dua kali mendapatkan surat peringatan. Jika satu kali lagi mereka mendapatkannya, maka pihak sekolah akan mengeluarkan mereka.

Dhea menghembuskan napas kasar.

Menjadi wali kelas adalah tugas yang berat. Dia tidak ingin anak-anak muridnya ada yang dikeluarkan. Dia akan merasa gagal menjadi seorang tenaga pendidik jika hal itu terjadi.

Diraihnya ponsel yang bergetar, ada pesan masuk dan langsung dibacanya.

'*Mbak, besok pagi Yas ke rumah, ya. Kita mau liwetan. Jangan lupa ajak Mas Rio. Enggak boleh nolak. Assalamu'alaikum*'

Dhea hanya memandangi layar ponselnya tanpa ada niat untuk membalas. Wajahnya menjadi muram. Usahanya yang ingin menjauhi Farhan begitu susah. Semakin dia berusaha menjauh maka kesempatan untuk mereka bertemu semakin terbuka lebar.

Dengan langkah berat dia keluar kamar. Dia melihat jam di dinding ruang keluarga. Sudah hampir jam sepuluh.

Rio belum juga pulang. Malam minggu seperti ini di kampungnya memang menjadi malam yang panjang.

Dhea membuka gorden di ruang tamu. Dia melihat setangkai mawar di atas balai-balai bambu beserta selembar kertas. Dhea membuka pintu dan mengambil bunga mawar dan membaca sebaris kalimat yang tertulis di atas kertas.

Semoga kamulah yang Allah tulis dalam kitab lauhul mahfudz sebagai tulang rusukku.

Dhea mengedarkan pandangan, mencari-cari seseorang yang mungkin memiliki benda yang kini ada di tangannya. Tapi nihil. Yang ada hanya purnama di langit kelam tanpa bintang. Dalam gulita yang penuh misteri, mempesona meski sendiri.

Dhea bergegas masuk ke dalam rumah. Mengunci pintu rumah juga pintu hatinya. *Untuk saat ini cinta bukan hal utama yang dia pikirkan.*

Baru saja Dhea masuk kamar, pintu depan ada yang mengetuk. Dhea mengenakan kembali jilbab yang baru saja dilepaskannya.

"Mbaaaakkk...."

Dhea langsung membuka kunci pintu, saat didengar suara adiknya, Rio.

"Kebiasaan, enggak *ngasih* salam," sungut Dhea.

"Sudah, kok," balas Rio cengengesan. "Tapi dalam hati."

"Tumben pulang *cepet*? Biasanya lupa waktu."

Rio mengibas-ngibaskan celananya yang terkena rumput belulang. "Harusnya begitu, Mbak. Karena mau hujan makanya aku pulang."

Dhea berlalu, malas melayani tingkah konyol adiknya.

"Mbak, ini apa?" tanya Rio dengan menunjuk selembar surat dan setangkai mawar.

"Entah, Mbak juga enggak *tau*. Kirain kamu yang mau *nembak* anak gadis orang," jawab Dhea asal.

"Sembarangan. Aku mana pernah *kek* gitu, pesan orang tuaku, sekolah dulu yang *bener*. *Kalo dah* kerja baru *khitbah* anak perawan. Sudah *tuh* nikah, terus pacaran."

Dhea memandang Rio sinis. "*Emang* ada yang mau sama kamu?" tanyanya ragu.

"Wiiiihhhhh ... jangan meragukan pesonaku, Mbakyu. Emang Mbak *aja* banyak yang naksir, adekmu ini jadi idola kampus. Sudah tampan dan rupawan, saleh lagi."

Dhea hanya mencebik, tidak mau mengakui pesona yang dimiliki adik satu-satunya. Sangat masuk akal jika Rio jadi idola. Dengan kulit yang bersih, tinggi hampir seratus delapan puluh senti. Di dukung dengan otak yang cerdas. Dan dia juga merupakan ketua lembaga dakwah kampus. *Gadis mana yang tidak tertarik padanya?*

Mereka kini duduk di depan televisi, menonton film *Lord of the Ring* yang ditayangkan di salah satu stasiun televisi nasional. Rio meraih toples berisikan keripik singkong yang Dhea buat tadi sore.

"Dek, kita diajak liwetan di rumah Yasmin," ujar Dhea memberitahu.

"Di rumah Kakek Atmo? Mas Farhan?" tanya Rio tanpa menoleh.

Dhea mengangguk. "Iya."

"Mbak sendiri *gimana?*" tanyanya lagi, masih dengan tatapan mata ke arah televisi.

"Enggak *tau* nih, Mbak bingung."

"Mbak harus *dateng.*"

"Kenapa harus?" tanya Dhea heran.

"Mbak harus *dateng*, dan *tunjukin kalo* Mbak sudah *move on.*"

Dhea terdiam. Yang dikatakan Rio ada benarnya. Jika dia menghindar maka sangat ketahuan sekali kalau dia masih terbelenggu perasaan.

Dhea bangkit dari duduknya hendak ke kamar.

"*Gimana*, Mbak?" tanya Rio dan kali ini dia menatap kakaknya.

"Iya, besok kita ke sana."

"*Good! And good night.*"

***

Jam sembilan mereka sudah di rumah Kakek Atmo, Yasmin menepati janjinya. Dia sengaja menjemput Dhea karena takut Dhea tidak bisa ikut.

Baru tiga puluh menit mereka tiba di sana, Panji datang dengan membawa beberapa kantong buah. Dan seperti biasanya dia mengeluarkan kata-kata gombalnya kepada Dhea. Yasmin dan Rio menjadi terkekeh karenanya.

Farhan dan Siska yang lagi mempersiapkan alat-alat memasak hanya memandang dari jauh. Siska ikut tersenyum saat mendengar rayuan maut Panji yang ditujukan pada sahabatnya. Sementara Farhan hanya memandang dengan perasaan gemas.

"Panji ikut?" tanya Farhan setengah berbisik kepada Siska.

"Yasmin yang *ngajak*. Emang kenapa, kayak enggak suka gitu?"

"Enggak. Siapa bilang? Biasa aja, tuh," jawab Farhan berdusta.

"Kata Yasmin biar *rame*."

"Oh ...."

Farhan yang lagi menyiapkan tungku menjadi tidak tenang, apalagi saat Panji selalu menempel pada Dhea. Beberapa kali kayu bakar dihentak-hentakkannya.

"Sini Tuan Putri, biar Sang Pangeran yang *ngulek cabe*," seloroh Panji saat Dhea menyiapkan bahan-bahan untuk membuat sambal.

"Pangeran, pangeran. Pangeran kodok!" Farhan bergumam kesal.

Siska yang melihat suaminya berbicara sendiri, hanya menggelengkan kepala.

"Kalo enggak bisa hidupin apinya, jangan kayunya yang dibanting, Pa."

"Eh ... apa, Ma?" Farhan tergagap.

"Itu, Papa dari tadi ngoceh-ngoceh sendiri, *ngapain*?"

"Oh, eh, iya kayunya sepertinya masih basah," ucap Farhan beralasan.

"Masa sih?" tanya Siska, dia pun mendekat memeriksa kayu bakar. "Kayaknya memang belum terlalu kering."

"Ah, suruh si Panji itu ngambil yang lain. Masa dia *ngulek sambel* seperti perempuan."

Siska mengernyitkan kening. "Ada apa sih, Pa. Kayak sensitif gitu sama Panji?"

"Siapa yang sensitif? Papa cuma bilang, suruh si Panji itu *ngambil* kayu bakar yang lain. Lebih *macho* dari pada *ngulek cabe*."

Tanpa bertanya lagi Siska memanggil Panji dan memintanya untuk mengambil kayu bakar yang ada di samping rumah dekat gudang, sementara Rio dan Yasmin mengambil daun pisang di kebun belakang rumah.

Mata Farhan memperhatikan Dhea lamat-lamat saat Siska menemani Panji mengambil kayu bakar. Saat mata mereka berserobok, Dhea segera mengalihkan pandangan.

Farhan sedari tadi merasakan jika Dhea menghindari bersitatap dengannya. Ketika Farhan hendak menghampiri gadis itu, Rio bersama Yasmin datang dengan membawa beberapa lembar daun pisang.

Farhan kembali duduk di depan tungku memotong kayu bakar menjadi ukuran kecil supaya mudah terbakar api. Farhan pun menyesalkan dirinya yang terbakar cemburu saat Panji kembali duduk di dekat Dhea.

Bab 16

Jam menunjukkan pukul sebelas, beberapa masakan sudah matang. Rio dan Panji masih membakar gurame, Sedangkan Yasmin bersama Dhea sibuk menyusun beberapa lauk lain dan lalapan di atas daun pisang yang mereka gelar di teras samping, dekat pohon rambutan yang mau berbuah.

Farhan masih menunggu nasi yang sebentar lagi tanak. Beberapa kali Farhan menggerutu karena bagitu repotnya dia memasak nasi dengan menggunakan tungku.

"Kenapa enggak masak pakai kompor gas saja sih, Ma?" gerutunya.

"Kalo memasak menggunakan tungku itu rasa nasinya lebih enak, Pa," jawab Siska yang saat itu tengah membuat bumbu untuk olesan ikan bakar.

Beberapa kali Farhan pindah posisi duduk, bukan karena panasnya tungku, melainkan dirinya gelisah melihat Panji yang tanpa lelah merayu Dhea. Meskipun gadis itu hanya menganggapnya biasa tapi tetap saja Farhan dibuatnya tidak tenang.

"Mas Farhaaannn ...." teriak Yasmin menyadarkan lamunan Farhan.

"Nasinya sudah mateng itu, sudah wangi," beritahu Yasmin.

"Iyakah?" tanya Farhan tidak yakin.

"Bener, Pa. Nasinya sudah mateng." Siska meyakinkan.

Farhan mengangkat panci yang berisi nasi menuju teras. Dhea mengambil centong nasi bermaksud mengambil nasi yang tadi dibawa Farhan. Tapi karena kurang hati-hati pinggiran panci mengenai punggung tangannya. Refleks Farhan meraih telapak tangan Dhea. Dhea yang menyadari itu segera menarik tangannya. Tanpa mereka sadari ada sepasang mata yang memperhatikan semuanya.

"Maaf," lirih Farhan.

"Enggak apa-apa, Mas," ucap Dhea.

Dhea segera pergi ke kamar mandi, mengguyurnya dengan air yang mengalir dan mengoleskan punggung tangannya dengan pasta gigi. Lalu kembali di mana orang-orang sedang bersiap menyantap makan siang mereka.

"Kenapa, Princess?" tanya Panji perhatian, saat melihat punggung tangan Dhea terbalur pasta gigi.

"I-itu, kena panci panas tadi," jawab Dhea sedikit menghindar.

"Parah?" tanyanya lagi, Dhea menggeleng dan menunduk saat mata teduh Farhan memandangnya khawatir.

"Enggak, Mas. Cuma sedikit."

"Yakin?" Dhea hanya mengangguk.

Sedikit kesusahan Dhea mengambil nasi, punggung tangannya seperti terbakar. Panji yang memperhatikan sedari tadi mengambilkan sepotong tempe mendoan dan bermaksud menyuapi Dhea. Tapi tiba-tiba dengan cepat Yasmin yang duduk di sebelah kanan Dhea membuka mulutnya dan melahap sepotong tempe dari tangan Panji.

Semua yang melihatnya menjadi tertawa, tetapi tidak dengan Farhan.

"Eh, main sambar aja. Itu buat Tuan Putri," protes Panji kepada Yasmin.

"Lah, aku juga putri. Putri Yasmin," seloroh Yasmin tidak mau kalah.

Saat mereka tengah makan disertai pertikaian Panji dan Yasmin, tiba-tiba terdengar suara mobil yang memasuki pekarangan.

Suasana seketika hening saat seseorang menghampiri mereka. Tepat di samping pohon rambutan berdiri seorang wanita dengan mengenakan blus kuning gading dengan lengan model tulip.

Dhea merasa kikuk saat wanita itu melepas kacamata hitamnya. Dia kembali merasakan nyeri jika mengingat kenangan terakhir bersamanya.

"Mbak Sonya," panggil Yasmin, tangannya melambai, mengajak sepupunya untuk bergabung.

"Hai, Yas. Om sama Tante, ada?" tanyanya tanpa beranjak dari tempat dia berdiri.

"Lagi keluar, Mbak. Ke rumahnya Om Dika."

Sonya mengangguk dan matanya membulat saat melihat Farhan.

"Hai, Farhan!" Sonya menghampiri mereka dan duduk di samping Farhan. Rio yang duduk di sebelah kiri Farhan menggeserkan duduknya.

"Apa kabar?" tanya Sonya dengan senyum sumringah.

"Alhamdulillah, sehat. Kamu sendiri?"

"Aku oke." Jawab Sonya dengan senyum masih terkembang.

"Hai, Sonya. Lama enggak jumpa," sapa Siska ramah.

Sonya melihat Siska dan hanya tersenyum kecil. Lalu matanya membulat kaget saat melihat Dhea di antara mereka.

"Dhea?" Dhea yang kikuk hanya tersenyum mengangguk. Farhan yang memahami kecanggungan Dhea lantas berdeham.

"Kamu selama ini tinggal di mana?"

"Di LA, belajar buka usaha di sana," jawab Sonya, tangannya meraih tempe mendoan dan dicocolnya dengan sambal.

"Wih, *sedep*. Siapa yang bikin sambalnya?" tanya Sonya, dia nampak kepedasan tapi tetap dihabiskannya.

"Koki kita, Mbak," seru Yasmin sambil mengangkat jempolnya.

"Siapa? Kamu, Sis?" tanya Sonya pada Siska.

Siska menggeleng." Dhea yang buat." Sonya seketika terbatuk, Rio bergegas menuangkan air dan memberikannya kepada Sonya.

"Pelan-pelan, Mbak," ingat Yasmin.

Dhea semakin tidak enak hati, dia merasa hubungannya dengan Sonya masih belum berubah. Tetap sama seperti dulu, kaku dan seperti penuh persaingan.

Selera makannya sudah hilang, sepertinya yang lain pun sama. Makanan yang terhidang tidak ada lagi yang menyentuhnya.

Dhea segera membereskan makanan yang tersaji, dibantu Siska dan Yasmin. Sementara Rio dan Panji duduk mengobrol di bawah pohon rambutan yang di sampingnya terdapat kolam kecil yang berisi ikan guppy.

Farhan sedang menemani Sonya duduk di ruang tamu. Dia menanyakan tujuan wanita itu bertandang ke rumahnya. Ternyata Sonya ingin memasarkan teh dari perkebunan Kakek Atmo.

Setelah semua beres Dhea menuju wastafel yang berada di tempat menjemur pakaian dan mencuci punggung tangannya yang terkena sambal tepat dilukanya.

"Gunakan salep supaya tidak melepuh." Dhea menoleh dan terkejut saat mendapati Farhan sudah berdiri di tiang jemuran. Dia nampak menyodorkan salep itu padanya.

"Enggak usah, Mas. Makasih," tolak Dhea. Dia kembali membersihkan punggung tangannya. Dhea tidak melihat ekspresi wajah Farhan yang berubah sayu.

"Kenapa? Kenapa sepertinya kamu ingin menjauhiku?" tanya Farhan lirih.

"Memangnya Mas Farhan ingin hubungan kita seperti apa?" tanya Dhea balik, tanpa menoleh kearah laki-laki itu.

Farhan diam, dia juga ambigu terhadap rasanya. Semua yang terjadi akhir-akhir ini membuatnya menjadi laki-laki pengecut.

"Pakai salep ini, Dhe." Farhan meletakkan salep di atas wastafel lalu pergi. Dhea mematung, nafasnya terasa berat. Ingin sekali dia menangis. Cintanya terhadap Farhan sangat sulit untuk ia abaikan.

***

"Sonya itu siapa, Dhe?" tanya Panji saat mereka pulang dari rumah Kakek Atmo. Panji memaksa Dhea dan Rio untuk mengantar mereka pulang.

Dhea yang duduk di bangku belakang hanya diam, pandangannya dia alihkan ke jendela sebelah kiri. Deretan pohon jati yang berdaun rimbun membuat suasana teduh.

Panji yang memperhatikan dari kaca mobil, menjadi resah. Sikapnya selama ini yang dia tunjukkan seolah tak berarti apa-apa di mata gadis itu. Panji menghela napas, berat.

"Sonya itu sepupu jauhnya Mas Farhan, Mas," jawab Rio.

"Tapi kelihatannya kayak posesif gitu?" tanya Panji penasaran.

"Dia itu suka sama Mas Farhan."

"Hah! Iyakah?" Rio hanya mengangguk, diliriknya lagi Dhea yang masih bergeming.

"Tanganmu *gimana*, Dhe?" tanya Panji khawatir.

"Sudah agak mendingan, Mas," jawab Dhea tanpa mengalihkan pandangannya.

"Kita ke apotek ya, beli salep," ajak Panji.

"Enggak usah, Mas. Nih, salepnya ada." Dhea menunjukkan sebuah salep yang dia genggam sedari tadi.

Panji mengerutkan kening. "Dapat dari mana?" tanya Panji heran.

"Ma—eh, Yasmin yang ngasih tadi."

"Oohh …."

Dari kejauhan bunga matahari sudah terlihat. Warnanya yang kuning cerah nampak semakin berkilau karena tertimpa sinar matahari. Ada beberapa kupu-kupu yang mengitarinya, menambah cantik pemandangan.

Panji menolak saat Rio menawarkannya untuk mampir. Dhea segera masuk ke dalam rumah setelah mengucapkan terima kasih karena sudah diantar pulang.

Panji melajukan mobilnya, dia meremas rambutnya dengan tangan kanannya.

"Begitu sulit merebut hatimu, Dhea," Panji berkata lirih.

Bab 17

Ical, Dodit dan Beben hanya menunduk saat Dhea memberi nasehat kepada mereka. Jam pelajaran telah usai saat Dhea meminta mereka untuk tidak pulang dan mengajak mereka bicara dari hati ke hati.

"Jadi, di antara kalian ada yang bisa menjelaskan sama Ibu, apa alasannya kalian suka tawuran dari pada belajar seperti teman-teman kalian yang lain?" tanya Dhea dengan suara tegas namun tidak menyudutkan.

Mereka bertiga tetap bergeming. Hampir satu jam Dhea menunggu mereka bicara, tapi mereka sepertinya kompak untuk tidak menjawab satu pun pertanyaannya.

Dhea menghela napas. "Baiklah, kalau kalian tetap seperti ini, maka Ibu akan mendatangi rumah kalian. Dan bertanya langsung dengan orang tua kalian masing-masing."

Ical yang sedari tadi menunduk seketika mengangkat wajahnya, tetapi kemudian kembali menunduk saat Dodit menendang kakinya di bawah meja.

"Kalian boleh pulang. Ingat ya, sekali lagi kalian bikin masalah, maka pihak sekolah tidak akan mentolerir lagi. Kalian akan dikeluarkan dari sekolah. Ibu harap kalian bisa menjaga sikap."

Dhea memandang punggung ketiga anak muridnya dengan sedih. Dia berjanji akan berbicara dengan orang tua mereka besok.

Dhea menuju parkiran hendak mengambil motor lalu pulang. Saat dia mau memasukkan kunci, Dhea melihat secarik kertas terselip di stang motornya.

Dhea mengambil kertas itu dan membacanya.

'TOLONG, BU.'

Dhea segera melipat kertas itu, saat seseorang menyapanya.

"Baru pulang, Bu Dhea?" tanya Pak Madi, penjaga sekolah.

"Iya, Pak. Ehm ... Pak, tadi melihat ada seseorang enggak ya di dekat motor saya?" Dhea bertanya setengah berbisik.

Pak Madi menggeleng. "Nggak, Bu. Memangnya kenapa? Apa ada yang ngerjain motor Ibu? Ban kempes atau—"

"Ah, enggak kok, Pak. Semuanya baik-baik saja," potong Dhea.

Dhea melajukan motornya setelah berpamitan dengan Pak Madi. Pikirannya menerka-nerka siapa yang menulis pesan tadi.

Hampir pukul tiga Dhea sampai di rumahnya. Untung tadi dia salat Zuhur di masjid sekolah, sehingga tidak harus buru-buru menuju rumah.

Dhea melihat ada beberapa bunga matahari yang mulai layu, dia berencana sore ini akan memangkas beberapa. Rumah sepi karena Rio sudah kembali kuliah.

Saat Dhea akan memasukkan motornya, Dhea melihat ada setangkai mawar terselip di gagang pintu. Dhea mengambilnya dan diletakkannya ke dalam vas kecil yang ada di meja makan.

Tanpa rasa, Dhea mengabaikan bunga mawar yang diambilnya tadi. Dia benar-benar tidak peduli siapa dan untuk apa bunga itu diselipkan di pintu rumahnya.

Tok ... tok ... tok ...

Dhea bergegas ke ruang tamu saat suara ketukan pintu terdengar olehnya.

"Assalamua'alaikum."

"Waalaikumsalam ... Yasmin." Dhea mempersilahkan Yasmin masuk. Gadis itu sudah terbiasa dengan rumah Dhea, langsung menuju dapur dan mengambil segelas air putih.

"Mbak kok lama sekali pulangnya?" tanya Yasmin setelah dia menandaskan segelas air. Wajahnya sedikit cemberut.

"Mbak tadi ada rapat mendadak, jadi enggak bisa pulang seperti biasanya. Memangnya ada apa, Yas?"

"Enggak ada apa-apa sih, cuma kesepian." Jawab Yasmin masih sedikit cemberut. Diraihnya toples berisikan keripik singkong dan dimasukkannya ke dalam mulut dengan suapan besar.

"Kamu lapar, Yas?" tanya Dhea penasaran, Yasmin pun tersenyum dan mengangguk malu.

"Mbak *masakin* mi instan, mau?" tawar Dhea.

Yasmin menggeleng. "*Bosen*, Mbak."

"Lalu?"

"Terserah Mbak mau masak apa. Pokoknya selain mi, Yasmin akan makan."

"Memangnya Ayah sama Bunda ke mana?" tanya Dhea, dia tahu jika Farhan dan Siska sudah kembali ke rumah mereka.

"Mereka lagi ada hajatan ke kampung sebelah."

Dhea mengangguk, tangannya sibuk memotong wortel, kentang dan kubis. Sedangkan tiga butir telur sudah direbusnya. Dia bermaksud membuat sop telur.

"Mbak," panggil Yasmin

"Hemm?"

"Mas Farhan sama Mbak Siska nanti akan pindah ke sini." Seketika Dhea menghentikan kesibukannya, tatapannya beralih ke Yasmin.

"Kenapa?"

"Ayah minta tolong sama Mas Farhan untuk *bantuin ngurus* perkebunan. Terus Mbak Siska juga ingin tinggal di sini."

"Benarkah? Mbak Siska ingin tinggal di sini? Di kampung?" Yasmin mengangguk.

Dhea mendesah. Dialihkan perhatiannya pada talenan yang di atasnya terdapat beberapa potong wortel.

Kenapa begitu sulit baginya untuk menjauh dari Farhan? Apa dia harus pindah demi menjaga hubungan baiknya dengan Siska?

Sikap gelisah Dhea tidak luput dari perhatian Yasmin.

"Kenapa, Mbak?"

"Ah, eh, kenapa apa?" Dhea menjawab kikuk.

"Mbak Dhea kenapa tiba-tiba gelisah," ulang Yasmin. Stoples yang tadi di pangkuannya kini telah kosong.

"Oh, cuma lagi *kepikiran* anak murid Mbak yang bermasalah," Dhea berucap dusta.

"Jadi guru itu berat ya, Mbak," keluh Yasmin.

"Iya, apalagi muridnya kayak kamu. Belajar nulis sudah lumayan lama, tapi satu karya pun belum *netes* juga," sindir Dhea sambil tertawa.

Yasmin yang merasa dirinya yang menjadi sasaran hanya merengut. Diisinya gelas dengan air putih lalu diminumnya perlahan.

"Menulis itu ternyata sulit, Mbak," sungutnya.

Dhea mengambil dua buah piring dan mengisinya dengan nasi. Dia mengambil sambal kentang kering yang di simpannya dalam stoples.

"Nggak ada yang sulit kalau kita mau belajar."

"*Apaan?* Buktinya aku sudah belajar dari masternya tapi *tetep* enggak bisa juga. Emang enggak ada bakat." Yasmin cemberut, dia berdoa kemudian menyendok nasi lalu mengunyahnya. Matanya membulat, kedua jempolnya terangkat.

"*Emang* juara masakan Mbak," puji Yasmin.

"Itu karena kamu lagi *laper*."

"Ih, enggak percaya. Mungkin *bener* kata Mas Panji. Masakan Mbak Dhea enak karena menggunakan bumbu cinta."

"Halah, gombal!" Yasmin terkikik melihat Dhea tersipu.

"Mbak *gimana* sama Mas Panji?" tanya Yasmin, matanya berkaca-kaca karena kepedasan makan sambal.

"*Gimana* apanya?"

"Ih, pura-pura enggak tau," gumam Yasmin

"Ya biasa aja. Mbak enggak punya rasa apa-apa ke dia." Dhea menuangkan segelas air untuk Yasmin, saat gadis itu masih merasa kepedasan.

"Sayang lho, Mbak. Mas Panji itu selain baik juga ganteng, yah meskipun kadang *jail*," ucap Yasmin sambil tersenyum.

"Idiiih, ada yang diam-diam suka," goda Dhea. Tawanya pecah saat wajah Yasmin menjadi tersipu.

"Apaan sih, Mbak. Yasmin masih kecil juga." Yasmin cemberut tapi tidak dipungkiri ada debar tak biasa yang saat ini dia rasakan.

"Bentar lagi juga *gede*," ucap Dhea disela tawanya.

Seketika suasana sore itu menjadi hangat, nuansa merah jambu melingkupi sebagian hati meskipun ada sebagian hati yang lain tengah temaram.

Terdengar suara gesekan bunga matahari yang tertiup angin. Dhea berdoa semoga orang-orang terdekatnya selalu berbahagia. Cukup baginya melihat rona kebahagiaan di wajah mereka.

Dhea tidak ingin memaksakan rasa jika dia belum siap untuk menerimanya. Biarlah semua berjalan dengan wajar tanpa ada kepura-puraan. Karena pura-pura bahagia itu melelahkan. Semilir angin membelai wajahnya yang terbingkai jilbab biru *aqua*. Dia menyerahkan segala rasanya kepada Sang Pemilik Hati.

Bab 18

Dhea mengamati interior rumah yang kini tengah dia kunjunginya. Mewah! Itu yang Dhea simpulkan. Ical adalah salah satu anak muridnya dari golongan orang berada. Tapi selama ini dia tidak pernah melihat gaya anak itu seperti anak orang kaya. Penampilannya biasa.

Orang tua Ical adalah orang yang sibuk. Ayahnya adalah seorang juragan tambak udang. Hasil tambaknya sering di ekspor ke luar negeri. Sedangkan ibunya seorang pengusaha oleh-oleh, mulai dari camilan sampai kerajinan tangan untuk cenderamata.

Mungkin itu sebabnya Ical bergaul tanpa pengawasan, begitu pikir Dhea. Sebelumnya dia sudah berkunjung ke rumah kedua teman Ical yaitu Dodit dan Beben. Ayah Dodit seorang supir angdes dan ibunya telah tiada saat Dodit kelas lima SD. Tadi Dhea tidak bertemu siapa pun di rumahnya.

Sedangkan Beben, ayahnya seorang buruh angkut di pasar dan bekerja di gudang rongsok jika siang. Sehingga tadi Dhea hanya bisa berjumpa dengan ibunya yang seorang ibu rumah tangga.

Jam sudah menunjukkan angka tiga, Dhea berharap tidak akan pulang terlalu sore. Setelah sekitar lima menit dia menunggu akhirnya nampak seorang laki-laki berumur kisaran tiga puluh tahunan datang menemuinya.

"Selamat sore, Pak," sapa Dhea, dia berdiri untuk menghormati tuan rumah. Segera dia duduk kembali saat laki-laki itu menyuruhnya duduk.

"Ibu Dhea? Wali muridnya Ical, betulkan?" tanyanya. Dhea mengangguk samar.

"Betul, Pak, saya wali kelas Ical." Laki-laki itu mengangkat tangannya, memotong ucapan Dhea.

"Jangan panggil, Pak. Saya belum terlalu tua untuk sebutan itu dan lagi saya masih lajang," laki-laki itu menjelaskan dan Dhea hanya membalas dengan anggukan. Dia nampak membenahi kemejanya.

"Perkenalkan, saya Prasetyo, paman Ical. Bisa panggil mas, kakak, abang atau Pras saja."

"Ehm … baiklah, begini Mas Pras, maksud kedatangan saya kemari untuk membicarakan tentang Ical. Ical sudah beberapa kali terlibat tawuran dengan sekolah tetangga, dia sudah dua kali mendapat surat peringatan dari pihak sekolah. Apakah orang tuanya tau soal ini?"

Prasetyo menggeleng, wajahnya nampak terkejut. Dhea memahaminya mungkin Ical selama ini tidak pernah memberikan surat itu kepada kedua orang tuanya.

"Untuk pelajaran sekolah Ical sepertinya kurang menguasai. Bisakah Ical diberikan les tambahan? Karena dia sudah kelas tiga, sebentar lagi dia dan teman-temannya akan masuk SMA. Melihat nilai-nilai Ical selama ini, saya takut dia tidak lulus tahun ini," ujar Dhea menjelaskan. Prasetyo nampak menimbang-nimbang ucapan Dhea.

"Tapi selama ini kami melihat Ical adalah anak yang baik, tidak pernah melawan atau membantah. Memang, kami mengakui kurang memperhatikan anak itu. Yah, kami ini orang yang sibuk. Melihat sikapnya selama ini, kami pikir semuanya baik-baik saja."

Mereka terdiam saat seorang ibu membawakan segelas teh hangat serta sepiring camilan. Dhea mengira ibu itu adalah asisten rumah tangga mereka. Dhea mengucapkan terima kasih saat ibu itu berlalu.

Dhea menyesap teh saat Prasetyo mempersilahkannya. Laki-laki itu memainkan ponselnya. Tak berselang lama Ical duduk di hadapan mereka.

"Ical, apa benar kamu sering ikut tawuran?" tanya Prasetyo tenang kepada keponakannya. Ical yang sedari tadi menunduk kini menganggukkan kepalanya. Prasetyo menarik napas dalam.

"Kenapa kamu melakukan itu, Cal?" Ical masih bergeming. Dhea kasihan melihat anak muridnya saat ini.

"Ical, apa kamu yang mengirim pesan sama ibu tempo hari? Ical yang menyelipkan secarik kertas di motor Ibu?" tanya Dhea dengan pelan.

Seperti yang Dhea duga, Ical mengangguk. Dhea menjelaskan pada Prasetyo tentang pesan yang Dhea terima.

"Siapa yang mengajakmu melakukan itu, Ical?" tanya Dhea lagi, tapi Ical tetap diam.

"Apa Beben yang mengajak?" tebak Dhea dan Ical menggeleng.

"Dodit?" Ical diam tidak bereaksi sementara Prasetyo memperhatikan dengan serius.

"Benar, Dodit yang mengajakmu?" desak Dhea.

Ical meremas jemarinya, Dhea menarik napas dalam saat Ical mengangguk. Dhea dan Prasetyo saling pandang. Dhea akan membicarakan semua ini dengan pihak konseling. Dhea tidak bisa menangani ini sendiri.

Dhea pamit pulang saat azan Ashar berkumandang. Dia berpesan kepada Prasetyo untuk tidak memarahi Ical. Karena apa yang anak itu lakukan ada andil dari orang tuanya. Minimnya pengawasan terkadang membuat anak-anak bertingkah melebihi batas.

Dhea melajukan motornya menuju rumah, tanpa dia sadari ada beberapa pasang mata memperhatikan dan membuntutinya. Dhea yang merasa sedang diawasi menghentikan laju motornya dan menoleh ke belakang. Tapi dia tidak melihat sesuatu yang mencurigakan.

Dhea pulang pukul setengah lima sore, dia langsung memasukkan motornya dan segera mengambil air wudhu untuk salat Ashar.

***

Sebuah pesan masuk dari Prasetyo saat Dhea memeriksa soal-soal latihan anak muridnya.

[Bu Dhea, bisakah besok membantu saya menyelidiki teman Ical]

[Insya Allah, bisa, Mas]

[Baik, kita ketemuan di minimarket dekat sekolah]

[Baiklah]

Dhea meletakkan ponselnya, dia mengira-ngira apa yang akan dilakukan Prasetyo. Tapi dia percaya, laki-laki itu akan melindungi dan menjaga keponakannya.

Dhea mendengar ada suara motor di depan rumahnya. Segera dia menuju ruang tamu untuk melihat. Dari celah gorden dia melihat halaman yang sepi. Tidak ada siapa pun di sana.

Dhea kembali ke kamar, meneruskan memeriksa pekerjaan siswanya. Dia tidak menghiraukan suara motor yang lalu lalang di depan rumah.

***

Jam dua siang Dhea bertemu Prasetyo di minimarket. Mereka memutuskan menggunakan satu motor, Dhea ikut Prasetyo yang datang dengan membawa motor bebek.

Prasetyo mengajak Dhea untuk mengintai rumah Dodit. Dia mendapat kabar jika Dodit dan ayahnya menjual narkoba. Dia bermaksud untuk mengancam Dodit supaya menjauhi Ical dan tidak melibatkannya lagi dalam masalah.

"Maafkan saya, Bu Dhea, karena mengajak Ibu dalam masalah ini," ucap Prasetyo.

"Tidak apa-apa, Mas. Ini juga tanggung jawab saya sebagai guru mereka."

Saat mereka sudah sampai di tempat tujuan, rumah yang hendak mereka intai terlihat sepi. Prasetyo yang bermaksud untuk menjebak mereka jadi kecewa.

Karena usaha mereka gagal, Prasetyo mengajak Dhea untuk kembali ke minimarket tempat mereka tadi bertemu. Prasetyo tetap akan melakukan pengintaian, tapi dia akan melakukannya sendiri tanpa mengajak Dhea. Terlalu beresiko jika Dhea ikut.

Saat mereka sudah di jalan besar, tiba-tiba dari arah berlawanan nampak sebuah sepeda motor yang melaju dengan kencang. Prasetyo yang sudah berusaha menepi masih tersenggol motor tersebut.

Dhea yang saat itu sedang menerima telepon, seketika terjatuh dari motor. Tubuhnya terpelanting tidak jauh dari motor. Prasetyo bergegas menepikan sepeda motornya. Dilihatnya Dhea meringis kesakitan sambil memegang pergelangan kakinya.

"Bu ... Bu Dhea, maaf tadi sa-saya sudah berusaha menghindar. Apa yang sakit, Bu?" Prasetyo tampak cemas. Keringat mengalir di keningnya. Saat dia ingin memapah Dhea menepi ada sebuah mobil berhenti tepat di sisi mereka.

Dhea yang tengah kesakitan sangat terkejut melihat siapa yang turun dari mobil itu. Dia melihat tatapan tajam dari si pemilik mobil. Prasetyo yang hendak memapah Dhea mengurungkan niatnya.

Bab 19

"Dhea?" Farhan berjongkok di sisi kanan Dhea, dilihatnya gadis itu memijit-mijit kakinya. "Kenapa dia?" tanyanya pada Prasetyo.

"Tadi ada motor yang menabrak kami."

"Kami?" tanya Farhan heran dengan kening berkerut. Tapi tanpa bertanya lebih lanjut dia segera memapah Dhea.

Dengan tertatih Dhea berjalan dibantu Farhan, dia berpegangan di bahu laki-laki itu. Sementara Prasetyo membuka pintu mobil untuk Dhea.

"Aku akan membawa Dhea ke klinik, apa Anda ingin ikut dengan kami?" tanya Farhan pada Prasetyo saat dia sudah berada dalam mobil.

Prasetyo mengangguk. "Aku ikut, aku membawa motor sendiri."

"Motor bisa dititipkan dulu, sementara Anda bisa ikut naik mobil," tawar Farhan.

"Aku tidak apa-apa. Aku akan mengikuti kalian dari belakang." Farhan mengangguk, dilihatnya Dhea yang menahan sakit.

Sebenarnya ingin sekali dia bertanya banyak hal kepada Dhea, termasuk tentang laki-laki tadi. Ada cemburu saat dia mendengar kata 'kami' dari laki-laki itu.

Farhan baru saja tiba ke desa kakeknya, dia datang sendiri karena ada beberapa hal yang akan dia kerjakan. Tapi siapa sangka di tengah perjalanan dia melihat Dhea yang jadi korban tabrakan.

Mobil memasuki halaman klinik, dengan hati-hati dia memapah Dhea. Prasetyo mengikuti dari belakang dengan membawa tas Dhea.

Dhea menangis saat perawat membersihkan luka-lukanya. Dhea menyembunyikan wajahnya saat Farhan melihatnya, dia malu ketahuan menangis.

Dhea ingat, dulu Farhan sering mengejeknya karena cengeng. Dia dulu pernah ke klinik karena jarinya terkena pecahan piring. Lukanya lumayan dalam, darah menetes membasahi baju. Saat itu Farhan ada di rumahnya sedang mengajari Rio matematika.

"Cengeng banget sih, gitu *aja* nangis," ledek Farhan saat mereka pulang dari klinik.

"*Emang beneran* sakit."

"Malu *tau* sepanjang jalan *diliatin* orang."

Mata Dhea melotot. "Kalo malu tadi *ngapain nemenin* ke klinik?"

Dulu mereka sering sekali ribut, ada saja hal yang bisa diributkan. Tapi meskipun Farhan sering menggodanya, Dhea tahu laki-laki itu sangat perhatian. Dan perhatiannya membuat Dhea menyimpan sebuah rasa untuknya.

"Gimana? Masih sakit?" tanya Farhan saat mereka menunggu obat.

Dhea mengangguk. "Sedikit."

"Cengeng." Dhea menoleh, dilihatnya Farhan mengulum senyum.

Prasetyo datang dengan membawa obat. "Saya benar-benar minta maaf, Bu Dhea," ucap Prasetyo penuh sesal.

"Sudah, Mas, enggak apa-apa," ujar Dhea sambil tersenyum. Prasetyo nampak sangat menyesal, tapi Dhea tahu itu bukan karena kelalaianya.

"Kalau sudah semua, bisakah kita pulang sekarang?" tanya Farhan.

"Iya, Mas. Tapi motorku?"

"Biar saya yang ambil, Bu. Nanti saya mengajak Ical untuk membawa motor Bu Dhea." Dhea mengangguk, dengan berpegangan dengan pundak Farhan dia menuju mobil.

Saat dalam perjalanan pulang Dhea menceritakan mengapa dan untuk apa dia pergi berdua dengan Prasetyo. Farhan yang mendengarnya nampak berpikir.

"Apa mungkin yang *nabrak* kalian itu memang sengaja melakukannya?" tanya Farhan.

"Enggak *tau*, Mas. Tapi melihat jalanan yang sepi seperti tadi ... ah, sudahlah. Jangan berprasangka dulu."

Farhan mengangguk tetapi di dalam hatinya dia begitu yakin akan dugaannya. Mobil memasuki halaman sebuah rumah makan.

"Mas Farhan mau makan?" tanya Dhea.

"Enggak."

"Lalu?"

"Mau *beliin* kamu, enggak usah masak nanti. Masih suka ayam bumbu lengkuas, kan?" tanya Farhan sebelum membuka pintu mobil. Dhea hanya mengangguk.

"Mas ...." Farhan yang hendak turun seketika menoleh.

"Kenapa?"

"Aku menyayangi Mbak Siska," ucap Dhea, dia meremas jemarinya. Farhan menatap keluar kaca mobil.

"Jaga kepercayaannya, Mas," lanjut Dhea. Farhan tidak memberikan reaksi apapun, dia turun tanpa membalas ucapan Dhea.

Farhan dan Dhea sama-sama tahu jika mereka masih memiliki rasa yang sama, rasa yang dulu pernah ada dan sampai saat ini mereka masih menyimpannya dengan rapi.

Tapi Dhea menyadari keadaannya kini sudah berbeda, ada Siska di antara mereka. Ada hati yang harus mereka jaga. Meskipun sakit, tapi Dhea percaya dia akan baik-baik saja tanpa harus memiliki Farhan.

Saat mobil kembali melaju meninggalkan halaman rumah makan, tidak ada pembicaraan lagi di antara mereka. Ketika mobil berhenti di depan rumah Dhea, di sana sudah ada Yasmin dan Kang Miswan.

"Tadi aku menelepon Yasmin untuk menemanimu malam ini atau bila perlu sampai kakimu sembuh," ujar Farhan saat Dhea menatapnya bingung.

"Bisa, Dhe?" tanya Miswan saat Dhea hendak turun dan hanya mendapat anggukan dari Dhea. Yasmin langsung memapahnya.

Farhan bergegas membuka pintu, Dhea meringis menahan sakit saat hendak duduk. Farhan dan Miswan duduk bersisihan.

"*Gimana* ceritanya, Dhe?" tanya Miswan khawatir.

"Aku juga enggak *tau*, Kang. Tiba-tiba jatuh *aja*."

"Yang nabrak?"

"Kabur. Tapi ini sudah *diobatin* juga." Raut muka Miswan nampak geram dan itu bisa dilihat oleh Farhan. Dalam hati Farhan mendesah, ingin sekali menyuruh laki-laki itu pulang. Tapi alangkah konyolnya jika itu dia lakukan. *Memangnya Dhea siapanya?* Melihat kenyataan itu semakin membuat Farhan kesal.

"Kang, aku istirahat dulu, maaf enggak bisa menemani." Seperti mendapatkan tambahan oksigen wajah Farhan berubah cerah. Dia membalikkan wajahnya yang terhias senyum. Namun dalam sekejap senyumnya menghilang saat Dhea juga menyuruhnya pulang.

Dhea melihat kedua lelaki itu pulang dengan lesu, Dhea tidak peduli saat tatapan keduanya memohon untuk tinggal lebih lama.

***

"Yas, jadi Mbak Siska pindah ke sini?" tanya Dhea saat mereka tengah duduk di depan televisi.

Yasmin mengangguk. "Insya Allah, dua minggu lagi, Mbak."

"Lalu pekerjaan Mas-mu, gimana?"

"Katanya bisa dikerjakan dari sini. Kenapa, Mbak?" tanya Yasmin heran.

"Oh, enggak ada apa-apa. Cuma khawatir nanti Mbak Siska enggak betah di sini." Dhea berkilah, padahal di dalam hatinya dia berharap Siska tidak betah dan secepat mungkin kembali pindah ke rumahnya di kota.

"Mbak Siska *emang* sengaja mau tinggal di sini, Mbak. Katanya biar penyakitnya cepat sembuh jika tinggal di daerah yang enggak bising dan udara yang sejuk."

Dhea menoleh memperhatikan lamat-lamat raut wajah Yasmin, tapi tidak sedikit pun dia melihat ada tampang bercanda di wajah itu.

"Mbak Siska sakit?"

Yasmin mengangguk. Dilihatnya Yasmin yang mengganti saluran televisi. Sedari tadi dia belum menemukan acara televisi yang menarik minatnya.

"Sakit apa?" tanya Dhea lagi, ada rasa cemas dalam hatinya. Kedekatan yang terjalin selama ini membuatnya menjadi begitu peduli pada wanita itu.

"Mbak Siska ada penyakit asma," jawab Yasmin, wajahnya seketika muram. "Mbak Siska pernah dua kali keguguran."

Dhea menutup mulutnya, informasi tentang Siska membuatnya kaget. Siska tidak pernah menceritakan perihal ini. Ada setetes air di sudut matanya. Pasti sulit bagi Siska melewatinya.

Saat Dhea tengah memikirkan Siska, ponselnya berdering. Ada nama Panji tertera di layar. Dia membiarkannya, hingga panggilan kedua Yasmin yang mengangkat, tidak dipedulikannya tatapan mata Dhea yang menolak untuk menjawab panggilan itu.

"Dhe, katanya kamu ketabrak motor?" Suara Panji bergema karena di-loudspeaker oleh Yasmin.

"Cuma keserempet doang, Mas, enggak parah," jawab Dhea dengan mata melotot ke arah Yasmin sementara Yasmin menutup mulutnya yang menahan tawa.

"Besok aku ke sana, Dhe."

"Eh,ga usah, Mas," tolak Dhea.

"Pokoknya aku ke sana besok. Dah, kamu istirahat ya."

Yasmin cekikikan melihat ekspresi Dhea yang kesal.

"Dapet alasan kamu ya biar ketemu sama Mas Panji."

"Hehehe, maaf, Mbak"

Dhea mengeluh, dia benar-benar lagi tidak ingin bersinggungan dengan laki-laki. Baik itu Farhan, Miswan ataupun Panji.

Bab 20

Farhan, Miswan dan Panji datang hampir bersamaan. Dhea yang memang masih sakit begitu malas menemui mereka, apalagi dia tengah sendiri. Yasmin pagi-pagi sekali sudah berangkat ke sekolah, dia berjanji akan pulang cepat. Dhea sudah menebak jika Yasmin akan pulang lebih awal karena ingin bertemu dengan Panji.

Dhea sudah izin untuk tidak mengajar beberapa hari. Untunglah temannya Ningsih mau menggantikannya. Dia hanya mempersiapkan materi dari rumah, selebihnya Ningsih yang akan membantu.

"Gimana kejadiannya, Tuan Putri? Ga apa-apa kan?" tanya Panji, dia meletakkan parsel buah dan seplastik besar makanan ke atas meja. Farhan dan Miswan yang mendengar julukan 'Tuan Putri' membuang muka, tidak suka.

"Ga apa-apa, Mas. Cuma lecet doang."

"Kita ke dokter, ya" ajaknya.

"Ga usah, Mas. Kemaren langsung dibawa ke dokter juga."

"Atau kita ke dokter spesialis tulang?" tawar Panji gigih.

Farhan melihatnya mulai kesal. "Jangan berlebihan, kemarin aku juga sudah menanyakan sama dokternya, semuanya baik-baik saja."

Dhea melihat raut cemburu di wajah Farhan, entah kenapa ada gelenyar bahagia saat melihatnya. Tapi dengan segera dia menutup rapat rasa itu. Miswan yang sedari tadi diam hanya menunduk dan sesekali menatapnya.

"Aku kupasin buah ya," rayu Panji.

"Mas, yang sakit kaki, bukan tangan. Dan juga tadi aku sudah sarapan sama Yasmin."

"Ya ampun, Dhe, enggak menghargai banget usahaku," gumam Panji.

"Yasmin mau, Mas," celetuk Yasmin tiba-tiba. Mungkin dia masuk dari pintu depan, sementara mereka duduk di halaman samping. Yasmin masih mengenakan seragam dengan ransel di pundaknya.

"Mau apa?" tanya Panji malas.

"Dikupasin buah."

"Kamu kan enggak sakit."

"Emang harus sakit dulu?"

Dhea tersenyum melihat keduanya mulai berdebat. "Kamu pulang cepet, Yas?" tanya Dhea menghentikan mereka.

Yasmin mengangguk tangannya menyambar buah pir dari tangan Panji. "Iya, Mbak, lagi class meeting juga, enggak apalah sekali bolos."

"Ih, masih kecil sudah berani bolos," cetus Panji.

"Enak aja bilangin Yasmin masih kecil! Sudah dewasa tau, tahun ini Yasmin lulus SMA," protes Yasmin.

"Sudah! Sudah! Ganti baju dulu, Yas. Trus nanti beli nasi buat makan siang," perintah Farhan.

Yasmin sontak kegirangan. "Mas Panji temenin, ya." Panji hanya menjawab dengan anggukkan.

"Kang, ikut makan di sini, ya," ajak Dhea pada Miswan yang sedari tadi diam.

"Maaf, Dhe, Akang tidak bisa, mau menyiapkan tugas untuk lomba santre minggu depan. Kamu kalau masih sakit enggak usah ikut."

"Dhea ikut, Kang. Insya Allah sudah baikan."

Miswan mengangguk. "Kamu cepat sehat ya, kalau ada apa-apa telepon Akang," pesan Miswan yang sontak membuat Farhan dan Panji menoleh. Nada bicara Miswan yang terdengar romantis membuat mereka cemburu.

Dhea hanya mengangguk tersenyum, reaksi yang diberikan Dhea sontak membuat Farhan marah. Jika saja hanya ada dia dan Dhea saat itu, ingin sekali Farhan menunjukkan rasa tidak sukanya pada Miswan.

"Manis sekali perhatiannya sama kamu, Dhe," gerutu Panji.

"Kang Miswan memang seperti itu, Mas. Orangnya memang baik, perhatian," Dhea menjelaskan.

"Dia pasti suka sama kamu."

"Kalo pun iya, enggak salah, kan?"

Panji terlihat gusar, Farhan pun merasakan rasa yang sama. Jika Dhea memilih antara Panji dan Miswan dia tidak bisa melarang, mereka masih bebas berbeda dengan dirinya yang telah terikat.

Farhan merasakan hatinya pilu saat angin menggoyangkan bunga matahari yang bersentuhan satu sama lain dan menghasilkan irama yang terdengar seperti nada kesedihan.

Dipandanginya Dhea sekilas yang terlihat manis dengan jilbab berwarna ungu muda. Farhan ingat kalau Dhea memang sangat menyukai warna-warna pastel.

"Mas, ayo temani Yasmin beli nasi padang." Suara Yasmin memecah kesunyian di antara mereka.

Panji mengangguk dan sebelum pergi dia berpesan kepada Farhan. "Mas, titip Tuan Putriku ya, takutnya ntar di gaet sama si akang tadi."

"Emang kalo Mbak Dhea di gaet sama Kang Miswan, kenapa?" tanya Yasmin

"Kalo iya, trus aku sama siapa"

"Sama Yasmin aja."

"Kamu? Anak kemarin sore."

"Enak *aja! Kalo* mau lulus SMA berarti sudah dewasa!"

"Baru mau, belum lulus!"

Dhea tertawa melihat kelakuan sepasang manusia itu, hingga suara mereka hilang dibalik tikungan. Dhea tidak menyadari ada sepasang mata yang menatapnya tanpa berkedip. Dan seketika tawanya senyap saat menyadari bahwa dia tidak sendiri.

"Menyenangkan melihatmu tertawa, Dhe," ucap Farhan. Dhea hanya tersenyum tipis dan melihatnya sekilas.

"Aku kangen kita dulu," sambungnya lagi, netra Farhan menangkap sepasang kupu-kupu yang hinggap di kelopak bunga matahari. Dhea yang canggung berusaha menetralkan perasaannya.

"Gimana kabar Mbak Siska, Mas?" tanya Dhea mengalihkan pembicaraan. Dia tahu jika Farhan tidak suka melihatnya bertanya hal lain saat Farhan mendengkus perlahan.

"Alhamdulillah, dia baik," jawab laki-laki itu setelah beberapa saat terdiam.

"Aku dengar, Mbak Siska sakit asma? Apa sudah diobati."

Farhan mengangguk, diraihnya sebotol air mineral dan diminumnya hingga separuh.

"Mbak Siska wanita yang baik, Mas."

"Iya. Dia memang wanita yang baik, sangat baik. Dia bisa menerimaku dulu walau dia tau ada seorang gadis yang aku cintai. Dan kamu pasti tau siapa gadis itu."

Dhea kaget tapi dicobanya untuk bersikap biasa. Dia meremas jemarinya di bawah meja. Dari sudut matanya dia melihat Farhan menggenggam erat botol air mineral.

"Mbak Siska tau siapa gadis itu?"

"Tidak. Aku tidak memberitaunya, biarlah aku simpan sendiri nama gadis itu jauh didalam hati. Gadis bodoh yang memilih pergi dan melukai dua hati sekaligus."

Dhea merasakan matanya berair, napasnya terasa sesak. Jika saja kakinya tidak sakit, pasti dia sudah berlari masuk ke kamarnya dan menumpahkan segala sesal di sana.

"Sekarang, gadis itu sudah menerima hukumannya." Dhea berujar lirih.

"Harusnya gadis itu menanggung sendiri perbuatannya. Tapi kenyataannya, tetap saja ada hati yang lain yang terluka karenanya."

Sesaat mata mereka beradu, tatapan yang sama-sama mendamba, tapi dengan segera mereka akhiri. Matahari yang meninggi tidak mampu menghangatkan perasaan mereka yang dingin.

***

"Yas, ada enggak laki-laki yang Dhea sukai?" tanya Panji saat mereka berjalan kaki menuju rumah makan.

Yasmin menoleh, memandangi laki-laki di sampingnya, ada getar aneh yang dia rasakan. Perasaan sedih merayapi hati.

"Setau Yasmin enggak ada, Mas."

Panji mendongak menatap langit yang cerah tapi tidak dengan hatinya. "Kamu tau gak, gimana caranya bikin hati Dhea terbuka untuk Mas?" tanya Panji lagi, Yasmin menggelengkan kepalanya. Jilbab putih yang dikenakannya terbang tertiup angin, untung dia segera menahannya.

Jarak menuju rumah makan yang biasanya terasa dekat kini begitu jauh dia rasakan. Entah sejak kapan Yasmin merasa sedih jika Panji sering menanyakan perihal Dhea.

Panji hendak melanjutkan pertanyaannya tapi diurungkannya saat sebuah mobil sedan merah berhenti tepat di samping mereka.

Bab 21

Tatapan Sonya begitu menusuk, membuat Dhea jengah. Dhea mengira setelah sekian tahun dan Farhan sudah menikah, bisa membuat mereka berdamai.

Dhea tidak habis pikir, apa yang harus dicemburui lagi dengannya. Sorot mata Sonya seakan menegaskan jika Farhan adalah miliknya, meskipun Siska berada di sisi laki-laki itu.

"Masih sendiri, Dhe?" tanya Sonya di saat mereka selesai makan siang.

Dhea mengangguk perlahan. "I-iya, Mbak."

"Kenapa? Apa yang kamu tunggu?" sindir Sonya yang membuat Dhea mengangkat wajahnya, sekilas pandangan matanya dan Farhan beradu.

"Maksudnya?" Kali ini Panji yang bertanya, dia menangkap nada sinis dari wanita itu.

Sonya mengangkat bahunya. "Apa kamu tidak tau, jika Dhea ini menyukai sese-."

"Ada apa kamu kemari?" Farhan sengaja memotong ucapan Sonya, dia melihat ada gelagat yang tidak baik jika wanita itu terus berbicara tanpa kendali.

Dhea kembali menunduk, sebisa mungkin dia menahan nyeri. Air matanya sekuat tenaga dia tahan. Dari dulu Sonya selalu seperti itu, sombong dan kata-katanya pedas.

Dulu saat masih sekolah, ketika ada gadis-gadis yang menaruh hati sama Farhan. Bisa dipastikan, besoknya mereka akan berubah murung dan takut. Ancaman Sonya dan teman satu gengnya tidak main-main.

"Sengaja mau ketemu kamu, Farhan. Kemarin aku ke rumahmu, Siska bilang kamu ke rumah Kakek. Eh, enggak taunya di sini." Mata Sonya menyorot ke Dhea saat dia mengucapkan kalimat terakhir.

Dhea semakin terpojok, jemarinya yang meremas kini basah. Jika saja saat itu hanya ada mereka berdua, akan mudah baginya untuk menjawab semua kata yang dilontarkan Sonya untuknya. Tapi di sana ada Panji dan Yasmin yang tidak tau apa-apa.

Panji dan Yasmin saling pandang, merasa ada yang aneh dengan ucapan-ucapan Sonya. Dhea sudah tidak tahan lagi, dia bangkit dari duduknya. Dan seketika semua mata tertuju padanya.

"Mau ke mana, Dhe?" tanya Panji.

"Ke kamar, Mas. Aku capek."

Farhan mendelik saat Sonya hendak membuka mulutnya. Dia begitu marah dengan tingkah sepupunya itu. Rahangnya mengeras saat melihat Dhea menunduk sedih.

"Yasmin bantu, Mbak," tawar Yasmin tapi dijawab dengan gelengan kepala.

"Biar Yasmin bantu kamu, Dhe," ucap Panji.

"Ga apa-apa, Mas. Aku bisa sendiri."

Dhea begitu marah dengan kakinya yang sakit, jika saja bisa dia ingin berlari menuju kamarnya lalu menenggelamkan wajahnya di bantal.

Air matanya luruh saat pintu kamar sudah menutup, sengaja dia kunci supaya Yasmin tidak bisa langsung masuk.

Dhea berteriak di bawah bantal, menumpahkan kekesalan hatinya.

Sesak sekali rasanya, ucapan Sonya terus saja bergema di pikirannya. Tuduhan yang dilontarkan Sonya begitu menyakiti perasaan dan hatinya. Meskipun dia tahu itu tidaklah benar, tapi tetap saja sakit.

Dulu saat Sonya memintanya untuk menjauhi Farhan dia begitu menuruti. Tapi sekarang, punya hak apa dia menuduh seperti itu. Atas dasar apa dia mencurigainya.

Dhea menyadari siapa Farhan sekarang, laki-laki yang beristri. Dan tuduhan keji Sonya seakan-akan dia seorang pelakor busuk. Sakit sekali.

Entah sudah berapa lama dia tenggelam dalam tangisan dan akhirnya terlelap. Diliriknya jam di dinding, sudah hampir jam satu. Segera dia ke kamar mandi untuk mengambil air wudhu.

Saat dia keluar kamar dan melihat halaman samping rumahnya, yang dia temui hanya Yasmin dan Panji yang sedang asyik bermain ponsel.

"Tuan Putri, gimana? Sudah baikan?" tanya Panji.

Dhea hanya tersenyum dan mengangguk. "Kamu sudah salat Zuhur, Yas?"

Yasmin menggeleng. "Gimana mau salat, kamar Mbak kunci," jawabnya sambil cemberut.

Dhea tersenyum, diusapnya kepala Yasmin dengan sayang. "Maaf ya, tadi Mbak lupa. Dah, salat gih." Yasmin segera beranjak lalu pergi ke kamar mandi.

"Ada masalah apa di antara kalian, Dhe?" tanya Panji penuh selidik.

Dhea mengerutkan kening, dia duduk berseberangan dengan Panji. "Siapa?"

"Kamu, Sonya dan Mas Farhan."

"Kita enggak punya masalah, kenapa mikir ke situ?"

Panji menarik nafas dalam, pandangannya beralih ke bunga matahari yang baru tumbuh yang ditanam dalam sebuah baskom besar. Lalu tatapannya kembali ke Dhea.

"Kalian pasti punya hubungan sebelumnya?"

"Iya, aku dan Mbak Sonya dulu satu sekolah."

"Mas Farhan?"

"A-aku baru mengenalnya," jawab Dhea tergagap.

Panji tersenyum sinis. "Siapa yang ingin kamu bohongi, Dhea?" ujar Panji lirih.

Dhea serba salah, perasaannya campur aduk. Lambat laun semuanya pasti terbongkar. Perkara tentang dia dan Farhan yang berusaha dia tutupi akhirnya akan terbongkar juga.

Serapat apa pun usaha untuk menutupinya, kebenaran akan terkuak dengan sendirinya. Tapi untuk saat ini dia akan tetap menjaga rahasia tentang dia dan Farhan. Sampai semua memang harus terbuka.

"Menikahlah denganku, Dhe," pinta Panji. Dhea melihat sekilas lalu tatapannya dialihkan ke bunga matahari. Dia tidak begitu kaget dengan ajakan Panji, sudah sering laki-laki itu mengajaknya menikah.

Di balik pintu ada hati yang nyeri, air matanya luruh. Ingin sekali Yasmin mengungkapkan rasanya kepada Panji, jika dia memiliki cinta untuknya.

"Maaf, Mas, aku belum bisa." Dhea berujar pelan.

Panji mengusap wajahnya dengan kasar, kulitnya yang putih bersih berubah memerah. Urat-urat di pelipisnya begitu kentara.

"Aku akan tetap menunggumu, Dhea." Panji kemudian bangkit. "Aku pulang, jaga dirimu baik-baik. Assalammu'alaikum."

"Waalaikumsalam."

Dhea memandangi punggung laki-laki baik itu hingga hilang di balik pintu mobil. Dhea memejamkan mata saat mobil Panji hilang dari pandangannya. Nafasnya sesak, dia tidak ingin menyakiti hati Panji. Tapi rasa tidak bisa dipaksa, yang ada hanya akan menambah luka jika dia menerimanya.

***

"Kenapa kamu berbicara seperti itu pada Dhea?" tanya Farhan kesal.

Sonya hanya mengangkat bahunya cuek. "Lho, memangnya aku salah?"

"Salah, Sonya! Dhea tidak melakukan kesalahan apa pun, kenapa kamu terus menyudutkannya," geram Farhan.

Sonya mengangkat alisnya, dipandanginya Farhan yang kesal. Nampak wajah Farhan memerah, rambutnya yang semula rapi kini terlihat kusut.

"Kamu marah?"

"Iya! Aku marah!" Farhan setengah berteriak.

"Kenapa? Hebat sekali wanita itu hingga bisa membuatmu berteriak seperti ini." Sonya berucap sinis.

"Kamu memang pantas menerimanya, Dhea itu gadis baik. Aku sangat mengenalnya."

"Itulah mengapa aku menjauhkanmu darinya, karena aku membenci kedekatan kalian!"

"A-apa? Apa katamu? Menjauhkan? Jadi benar kamu yang membuat kami berjauhan. Benar kah?" Farhan menatap lekat sepupunya dengan mata memerah.

Sonya mundur selangkah, tatapan Farhan seolah ingin menerkamnya. "Iya! Aku yang mengancam wanita tidak tau diri itu!"

"Tidak tau diri katamu? Mengapa! Mengapa kamu lakukan itu, HAH!"

"Karena aku mencintaimu, Farhan!" pekik Sonya.

Farhan mundur, tangan kanannya memegang pinggiran kursi.

"Cinta? Kita ini saudara Sonya."

"Saudara sepupu! Ayolah Farhan, apakah selama ini kamu enggak melihat aku." Sonya berjalan mendekat tetapi berhenti saat Farhan mengangkat tangannya.

"Kamu gila!" ujar Farhan jijik.

"Iya, Farhan! Aku memang gila! Gila karenamu."

Farhan menggelengkan kepalanya. "Kamu sakit, Sonya." Dia berujar lirih dan pergi meninggalkan Sonya sendiri di ruang tamu.

Bab 22

Asap rokok memenuhi ruangan yang sempit, di mana ada sepasang manusia ada di dalamnya. Seorang laki-laki awal lima puluhan tampak berpikir keras, urat leher dan kening terlihat menyembul di kulitnya yang berwarna gelap.

"Aku tau, kecelakaan yang dialami guru itu adalah ulahmu. Kalau kau mau melakukannya, bukan hanya rahasia itu yang akan tetap terjaga, tapi ada imbalan yang akan kau dapatkan."

Seorang wanita sedang melakukan negosiasi, melihat dari penampilannya, laki-laki itu tahu jika yang dihadapinya sekarang adalah orang yang memiliki banyak uang. Yang bisa membeli apa saja, termasuk nyawa orang sekalipun. Seperti yang wanita itu inginkan saat ini.

"Jika kerjamu bersih … aku akan menambah imbalannya. Pikirkan itu, Pak Dirga." Wanita itu bangkit menuju pintu keluar, lalu berbicara sekali lagi saat pintu itu terbuka. "Oh, ya, aku tau bisnis harammu yang sedang kau jalani. Anak laki-lakimu juga ikut menjalankannya juga, bukan."

Laki-laki itu sangat mengerti kalimat terakhir yang diucapkan si wanita. Dia mengancamnya. Rahangnya mengeras sehingga menimbulkan suara gemerutuk. Dibuangnya ke bawah sisa rokok yang dia isap sedari tadi, kemudian diinjak dengan sedikit geram.

"Sialan!" umpat laki-laki itu.

Dirga mengeluarkan ponselnya, kemudian menelpon seseorang, tidak sampai lima menit dia menutup sambungan telepon. Dia keluar lalu menghidupkan motor, meninggalkan tempat itu.

***

Musala tampak ramai, lomba yang di mulai dari pagi masih dipenuhi para santre. Dhea begitu serius mendengarkan hapalan surat pendek santrewati. Sementara Miswan menilai hapalan santre laki-laki.

Sesekali Miswan melihat Dhea yang duduk lesehan, dia khawatir Dhea akan kesulitan karena kakinya yang baru sembuh. Terkadang tatapan mereka beradu dan hal itu tak luput dari sepasang mata milik Rahayu, seorang Ustadzah, yang juga teman Dhea dan Miswan.

"Kang Miswan dari tadi ngeliat kamu terus, Dhe," ujar Rahayu sedikit cemberut saat mereka rehat makan siang setelah sebelumnya salat Zuhur berjemaah. Mereka memilih duduk di pojokan dekat beduk yang berdiri kokoh.

"Kamu cemburu?" tanya Dhea, tangannya mengupas kulit jeruk. Dari ujung matanya dia bisa melihat Rahayu yang diam tapi dengan wajah sedikit memerah. Kulitnya yang putih bersih berubah seperti buah tomat.

Dhea hanya tersenyum, saat Rahayu mengusap wajahnya karena malu. Dhea tahu jika dari dulu temannya itu ada hati untuk Miswan.

"Kamu suka sama Kang Miswan, Yu?" tanya Dhea, tapi Rahayu hanya diam.

"Kalo kamu enggak suka, aku aja yang suka sama dia," goda Dhea, seketika mata Rahayu membulat.

"Iya, iya! Aku suka Kang Miswan," jelas Rahayu hingga membuat Dhea menutup mulutnya, jika tidak maka tawanya akan pecah dan mengundang perhatian para santrewati yang ikut makan bersama mereka.

Rahayu menutup wajahnya yang semakin memerah. Dhea semakin geli melihatnya. Dan dia menghentikan tawanya saat mata Rahayu mulai berair.

"Maaf, maaf. Sudah, enggak usah cemburu. Aku enggak tertarik sama Kang Miswan. Ambil sana."

"Ih! Emangnya dia barang," sungut Rahayu.

"Trus, gimana?"

"Gimana apanya. Sebel aja liat dia merhatiin kamu terus."

"Lalu aku harus apa, Yu?"

Rahayu diam, gelas air mineral yang isinya tinggal sedikit masih digenggamnya.

"Tauk, ah."

Dhea duduk bersandar di dinding musala, matanya menerawang ke arah pohon kelapa yang tinggi menjulang di seberang jalan.

"Kamu beneran suka sama Kang Miswan?" tanya Dhea tanpa menoleh, tapi dia tahu Rahayu mengangguk.

"Tembak langsung aja, Yu." Dhea meringis saat lengannya dicubit.

"Sembarangan! Emangnya aku apa?"

"Lho, apanya yang salah? Bukannya Siti Khadijah duluan yang melamar Nabi Muhammad."

"Iya, sih."

"Laki-laki yang baik dan memiliki kualitas itu harus diperjuangkan, Yu." Dhea berujar pelan seperti berbicara pada dirinya sendiri. Hatinya nyeri saat mendengar ucapannya sendiri, kalimat itu seolah menampar wajahnya. Ingatan tentang Farhan membuatnya merana.

"Lalu kenapa kamu enggak menerima Kang Miswan. Aku bukannya enggak tau kalo dia suka sama kamu."

Dhea menoleh, senyum tipis dia terbitkan. "Aku enggak memiliki rasa yang kamu punya untuk dia, Yu."

Dhea merasakan pundaknya dielus Rahayu.

"Apa ada laki-laki yang kamu suka, Dhe? Ehm ... maksudku, enggak mungkin kamu betah sendiri atau menolak Kang Miswan jika kamu tidak menyukai laki-laki lain."

Dhea menarik sudut bibirnya, ditariknya napas dalam. "Ada, dulu, saat masih sekolah."

"Trus sekarang?" Rahayu menatap wajah Dhea, ada gurat kesedihan tergambar di wajah temannya itu.

"Dia sudah menikah, Yu. Sudah bahagia."

"Yakin kamu kalo dia sudah bahagia?"

Dhea terdiam, pertanyaan Rahayu bagai air dingin yang menyirami tubuhnya. Mampu membuatnya menggigil. Benar, bahagiakah Farhan dengan pernikahannya? Mungkin iya, sebelum dia berjumpa dengannya lagi. Dan kehadirannya membuat laki-laki itu gamang akan perasaannya.

Tapi bukan dirinya yang mencarinya, takdir yang mempertemukan mereka kembali. Apalagi mengingat Siska yang begitu baik, Dhea tidak akan sanggup menyakiti hatinya.

"Entahlah, Yu."

"Dia itu laki-laki, Dhe."

Dhea memperhatikan Rahayu lamat-lamat, ada makna yang tersirat dari kalimatnya. Dhea menggeleng, tatapannya kembali ke arah pohon kelapa.

"Jika posisimu sebagai istrinya, apa kamu enggak akan sakit, Yu?"

Rahayu diam sejenak, pandangannya menunduk. "Pasti sakit."

Dhea menarik bibirnya. "Itulah kenapa aku enggak pernah punya pikiran seperti itu."

"Tapi...."

"Akan ada yang lebih baik."

"Kamu belum bisa move on, ya?"

"Lagi berusaha untuk move on."

Rahayu memeluk Dhea dari samping, berusaha memberi semangat.

"Jadi kapan?" tanya Dhea, membuat Rahayu mendongak. Keningnya berkerut.

"Apanya yang kapan?"

"Melamar Kang Miswan."

Seketika wajah Rahayu kembali memerah bak kepiting rebus, hampir saja Dhea ngakak melihatnya. Siang itu berlalu dengan lancar. Lomba yang mereka gelar berjalan dengan semestinya.

Saat Dhea kembali ke rumah, dia melihat motor adiknya, Rio, sudah terparkir di teras samping.

"Tumben, Dek, pulang enggak ngasih kabar?" tanya Dhea saat melihat adiknya sibuk di depan kompor. Dia melihat ada dua bungkus mie instant sudah terbuka.

"Tadinya mau ngasih kabar, tapi hape mati habis batre," jawab Rio tanpa menoleh.

Dhea mengangguk lalu meletakkan satu buah plastik yang berisi kue sisa makanan buat para peserta dan panitia lomba. Tanpa permisi Rio langsung menyambar beberapa potong kue.

"Kamu memangnya belum makan, Dek?" tanya Dhea heran melihat Rio yang makan dengan rakus.

"Belum," Rio menjawab dengan mulut berisi.

Dhea menggelengkan kepalanya kemudian meninggalkan Rio yang tetap kalap menyantap makanan.

Dhea membuka ponselnya saat mendengar suara notifikasi, sebuah pesan whatsapp dari Prasetyo. Setelah kejadian kecelakaan tempo hari, hampir tiap hari laki-laki itu bertanya tentangnya.

Kali ini Prasetyo ingin meminta pendapatnya perihal keponakannya, Ical. Orang tuanya bermaksud memindahkan anak itu ke sebuah pesantren, mereka takut Ical akan terus berhubungan dengan teman yang tidak baik.

Dhea menarik napas dalam, dia ingat jika Ical adalah murid yang baik. Dia hanya terjebak dalam pergaulan yang salah. Tapi bagaimana pun juga peran orang tua tetap ada sehingga dia bisa seperti itu.

Baru saja Dhea meletakkan ponsel, sebuah pesan masuk dari Siska, mengatakan jika lusa dia akan pindah. Dhea memegang dadanya, dia merasakan senang sekaligus perasaan sedih.

Bab 23

Udara di Minggu pagi itu sangat sejuk. Sejak subuh tadi Dhea belum beristirahat dari beraktifitas. Dia sudah menggoreng tape untuk Rio dan dirinya sarapan serta menyeduh dua gelas teh hangat.

Kini Dhea sedang memangkas bunga matahari yang layu. Semenjak ibunya tiada, dia semakin banyak menanam bunga matahari. Kecintaannya dengan bunga itu membuat halaman rumahnya menjadi kebun bunga matahari.

Dhea begitu asyik dengan bunga-bunganya sehingga tidak menyadari ada dua pasang mata yang memperhatikan tingkah lakunya dari luar pagar. Dhea baru membalikkan punggungnya saat pinggangnya dipeluk dari samping.

"Asik sekali, sampe enggak menyadari ada tamu yang datang," tegur Siska.

Dhea memekik kecil melihat Siska yang kini sudah berdiri di sampingnya. Dipeluknya wanita itu dengan erat.

"Maaf, Mbak, aku enggak bisa main ke sana buat nyambut. Selamat datang di desa kami, semoga kerasan," ujar Dhea dengan bibir yang tersenyum.

"Sudah, enggak apa-apa, Mbak tau kamu sibuk."

"Yasmin enggak ikut, Mbak?" tanya Dhea saat menyadari Yasmin tidak ada di antara mereka.

"Masih ngorok dia, habis subuh tidur lagi. Semalam begadang nonton drakor."

Dhea mengangguk tersenyum lantas mengajak Siska untuk duduk di teras samping rumahnya. Di sana sudah ada Farhan yang duduk di bangku kecil dekat ember yang berisi pupuk.

Dhea berlalu ke dapur untuk mengambil tape goreng dan menyeduh dua gelas teh hangat.

"Sarapan dulu, Mbak. Tadi aku ada goreng tape." Senyum Siska merekah, diambilnya sepotong tape goreng.

"Mas Farhan juga sangat suka tape, dulu dia sering bilang kalo dia punya teman yang jago bikin tape."

Seketika pandangan Dhea dan Farhan beradu, hanya sekilas kemudian mereka sama-sama mengalihkan pandangan.

"Pa, sini, cobain. Enak banget tapenya, siapa tau mirip sama buatan temennya." Siska memanggil suaminya, Farhan lalu mengambil sepotong. Ada rasa rindu yang dia rasakan saat tape yang lembut menyatu dengan lidahnya.

"Sudah pernah coba dijual ga, Dhe. Tapenya enak," ujar Farhan suatu hari.

"Belum."

"kalo dijual laris ini," kata Farhan lagi sementara mulutnya tetap mengunyah tape yang Dhea goreng dengan tepung.

Dhea mengernyitkan kening. "Masa sih?" Dhea mencicipi tape buatannya. "Biasa aja."

"Kalo nyicip masakan sendiri memang suka gitu, rasanya biasa. Tapi kalo yang nyicip orang lain rasanya pasti beda."

"Ah ... aku tau kenapa kamu makannya bisa jadi enak dan manisnya legit gitu, Mas."

"Apa?"

"Karena Mas makannya dekat aku yang manis ini. Hahaha."

Farhan mendesah, kenangan bersama Dhea bangkit lagi akibat sepotong tape goreng. Dilihatnya dua wanita yang lagi sarapan di depannya.

"Oh, ya, Dhe. Kata Yasmin kamu ketabrak motor?" tanya Siska. Dhea hanya mengangguk, diliriknya sekilas Farhan yang sibuk dengan sarapannya. Dhea rasa laki-laki itu mendengarnya, hanya saja pura-pura tidak peduli. Atau memang benar tidak peduli.

"Iya, Mbak. Tapi sudah sembuh kok."

"Katanya juga Mas Farhan yang bantuin ke klinik."

Reflek Dhea dan Farhan saling pandang. "Ah-ehm ... itu kebetulan saat kejadian Mas Farhan lewat sana."

"Syukurlah kalo gitu, Dhe. Papa kok enggak cerita?" Siska menoleh ke arah Farhan.

"Sengaja, biar kamu enggak khawatir, Ma."

Dhea menggigit bibir bawahnya, dia merasa serba salah. Untung Rio datang menetralkan suasana hatinya.

"Mbak, yang ini kan tape buat Kang Miswan?" tanya Rio padanya dengan menunjuk sebuah bungkusan setelah sebelumnya menyapa Siska dan Farhan.

"Iya."

"Wiiiihhhh ... sudah kirim-kirim makanan ini ceritanya," goda Siska. Dhea hanya tersenyum sekilas tapi berdampak luar biasa bagi Farhan. Dadanya bergemuruh, cemburu membuat duduknya menjadi gelisah.

"Waktu Kang Miswan panen singkong, dia ngasih lumayan banyak, makanya aku bikin tape, Mbak."

"Mbak enggak dikasih gitu?"

"Mana mungkin aku lupa. Sudah aku siapin, kok."

"Wiiihhh, keren!" Siska mengacungkan dua jempolnya.

Dhea mengerutkan keningnya saat melihat Rio masih berdiri. "Kenapa masih di sini?"

"Ada pesan enggak?"

"Pesan apaan?" tanya Dhea bingung.

"Pesan minta dilamar segera."

"Rio!" Rio bergegas berlari sambil tertawa meninggalkan Dhea yang melotot. Siska ikut tertawa menyaksikan kehebohan dua bersaudara itu.

Farhan tertegun mendengar ucapan Rio, dia mungkin hanya bercanda tapi mampu membuat hatinya nelangsa. Tangannya yang gemetar menyenggol gelas yang berisi teh. Untung tidak sampai jatuh hanya air yang tertumpah sedikit.

"Kenapa, Pa?" tanya Siska khawatir saat suaminya mengibas-ngibaskan telapak tangannya yang terkena teh panas.

"Kena tumpahan teh."

Dhea segera ke dapur mengambil kain lap.

"Mbak aja, Dhe," ujar Siska saat Dhea hendak mengelap air yang menggenang di atas meja.

Dhea segera kembali ke dalam rumah, mencari salep dalam lemari dekat meja kompor. Dhea memberikan salep itu pada Farhan, sementara Siska masih di kamar mandi mencuci kain bekas dia mengelap.

"Pakai salep ini untuk menghilangkan panasnya," Dhea berucap pelan saat memberikan salep. Untuk sesaat mata mereka beradu.

"Terima kasih."

Sedikit menghentak Farhan mengambil salep itu. Dhea menarik napas, dia tahu jika Farhan cemburu. Wajah laki-laki itu nampak memerah karena marah.

"Pelan-pelan, Mas."

"Dhea, aku cem--."

Dhea memalingkan wajahnya saat mata Farhan menyorotnya. Saat dia mau membuka mulut kembali, Siska datang membawa air putih.

"Siram pakai air bersih, Pa."

Farhan menggeleng. "Ga usah, Ma. Sudah dikasih salep."

Siska mengangguk, keningnya mengerut saat melihat wajah suaminya merah.

"Papa kenapa?" Seketika tangan siska terulur meraba kening Farhan. "Sedikit panas. Apa kita pulang saja, ya?"

"Iya, panas, Ma." Farhan bangkit dari bangku, dia menekankan kata panas untuk menyindir Dhea.

Dhea hanya menunduk saat sekilas Farhan meliriknya. Dhea membereskan meja saat memastikan mereka hilang di tikungan jalan.

Rio datang dengan membawa beberapa tangkai bunga mawar. Adiknya duduk di bangku panjang persis di sampingnya berdiri.

"Maafin aku, ya, Mbak."

"Maaf untuk apa?"

"Soal aku tadi bawa-bawa Kang Miswan. Sengaja buat ngejauhin Mbak sama Mas Farhan, buat ngingetin kalian."

Dhea tersenyum getir, tangannya memegang salep yang tadi dipakai Farhan. Dia mengerti maksud adiknya.

"Mbak enggak marah, Dek. Memang harusnya begitu."

Mereka sama-sama diam, Rio mengambil sepotong tape dan mengunyahnya dengan pelan. Tidak ada percakapan di antara mereka. Hingga tiba-tiba Rio teringat sesuatu.

"Oh, ya, Mbak. Tadi aku liat di belakang rumahnya Kang Miswan banyak tanaman mawar."

Dhea menaikan alisnya kemudian melihat beberapa tangkai mawar yang tergeletak di atas meja. "Lalu?"

"Mbak ingat kan, Mbak sering dapet setangkai mawar." Dhea mengangguk

"Jangan-jangan yang ngirim bunga beserta surat itu adalah Kang Miswan."

Dhea merenung, mengingat surat-surat dan bunga mawar yang dia terima akhir-akhir ini.

"Jikapun benar itu semua Kang Miswan yang ngirim. Lantas kenapa?"

"Apa Mbak enggak mau mencoba?"

Dhea menggeleng, dikumpulkannya beberapa tangkai bunga mawar yang tadi dibawa oleh Rio.

"Rahayu menyukai Kang Miswan dan lagi Mbak enggak ada hati untuk dia."

Rio mendesah resah, sebenarnya dia berharap jika kakaknya menerima Miswan. Setidaknya mereka setara, keluarga Miswan dan keluarga mereka sama-sama dari keluarga sederhana.

🌼 Bab 24

Dhea baru keluar dari ruang guru, harusnya dia pulang jam setengah dua. Tapi karena tadi ada rapat, jadi dia pulang hampir jam empat. Dia salat Ashar sebentar di masjid sekolah.

Dhea melajukan motornya ke sebuah tempat fotocopy. Dia hendak membeli beberapa alat tulis yang dititipkan Yasmin padanya.

Langit mendung, Dhea segera pulang saat daftar belanjaannya sudah terbeli semua. Rintik hujan sudah mulai turun satu persatu. Dhea menepikan sepeda motornya di dekat sebuah mini market, membuka bagasi dan mengambil jas hujan. Saat dia memakainya tiba-tiba ada sebuah benda besar menabrak motor dan tubuhnya.

Tubuhnya terguling, dia merasakan keningnya basah. Dia masih bisa melihat sebuah mobil hitam berlalu meninggalkannya. Dia mendengar suara orang berteriak dan merasakan tubuhnya diangkat. Setelah itu dia tidak ingat apa-apa lagi.

***

Dhea berada di hamparan bunga matahari, seluas matanya memandang yang dia lihat adalah bunga yang menghasilkan biji kuaci itu.

Angin menyentuh tubuhnya dengan lembut, dia menggunakan gaun dan jilbab dengan warna senada, putih bersih. Dhea memejamkan matanya, merasakan udara yang hangat. Bunga-bunga matahari yang bersentuhan menimbulkan suara yang sangat merdu di telinganya.

Perlahan Dhea membuka matanya, merasakan telapak tangannya digenggam seseorang. Matanya menatap langit-langit. Dia tidak mengenali tempat ini, kemudian pandangannya tertuju pada botol infus yang tergantung pada tiang penyangga di mana di sebelahnya nampak seorang perempuan berjilbab hijau lumut duduk merebahkan kepalanya di pinggir tempat tidur. Dhea menggerakkan jemarinya sehingga membuat perempuan itu terjaga.

"Dhe, Dhea! Alhamdulillah, kamu sudah siuman."

Dhea melihat Siska berlari menuju pintu, tidak begitu lama dia melihat adiknya, Rio dan Farhan mengikutinya dari belakang.

"Mbak, ini aku Rio. Ingat, kan?" Rio menggenggam tangan kakaknya. Air matanya jatuh, dia benar-benar takut kehilangan saudara satu-satunya itu.

Dhea mengeratkan genggaman tangan adiknya, memberi isyarat jika dia baik-baik saja. Lidahnya masih kelu untuk mengeluarkan satu katapun.

Dhea melihat Farhan berdiri dibelakang istrinya, tangannya memegang pundak Siska. Tetapi matanya menatap Dhea dengan khawatir.

Kemudian seorang perawat masuk bersama seorang laki-laki yang memakai jas putih. Dhea menerka jika dia adalah dokter yang menanganinya.

Hari ini adalah hari kelima Dhea di rumah sakit. Dari cerita Yasmin, dia baru mengetahui jika dia tidak sadarkan diri selama tiga hari. Yasmin mengatakan semua orang panik, terutama Siska.

Dhea meneteskan air mata, wanita lembut itu begitu mencemaskannya. Dia semakin yakin untuk melepas rasa cintanya terhadap Farhan yang selama ini membelenggu hatinya.

Di hari kesepuluh Dhea diizinkan pulang. Rindu sekali dia dengan rumahnya, dengan bunga-bunga mataharinya. Disana sudah ada Yasmin dan Panji yang menunggu di teras samping.

"Mau ke kamar, Dhe," tanya Siska.

Dhea menggeleng. "Mau duduk di sana, Mbak," tunjuk Dhea ke arah teras tempat Yasmin dan Panji duduk tadi.

Siska mengangguk, dengan perlahan dia memapah Dhea. Dengan sigap Farhan mengambil sebuah kursi yang ada sandarannya.

"Gimana, Tuan Putri? Sudah enakan badannya?" tanya Panji. Dhea tersenyum kecil, sekilas dilihatnya Farhan masih menatapnya dengan khawatir. Biasanya raut wajah itu akan berubah kesal saat Panji memanggilnya 'Tuan Putri'.

Mungkin Farhan mulai melupakannya, dan rasa khawatir yang dia tunjukkan adalah rasa kemanusiaan saja. Baguslah, bisik hatinya.

"Alhamdulillah, sudah mulai enakan."

"Syukurlah, kalau nanti ada rasa enggak nyaman, langsung kasih tau, ya."

Dhea mengangguk, dilihatnya tanaman bunga mataharinya masih terawat, mungkin Yasmin yang merawatnya. Rumput-rumput juga sepertinya habis dipangkas.

"Makasih ya, Yas."

Yasmin menoleh tidak mengerti. "Makasih untuk apa ya, Mbak?"

"Bunga-bunganya sudah dirawat sama mangkasin rumput."

"Oh, itu Kang Miswan yang ngerjain," jawab Yasmin sambil menggaruk kepalanya yang tidak gatal.

"Oh. Dia itu memang laki-laki yang baik," ucap Dhea sembari tersenyum. Panji melihatnya tidak suka.

"Oh, ya, Mbak. Kang Miswan tempo hari ada ngomong sama Mas Rio, katanya kalo Mbak udah pulang dia mo ngelamar Mbak Dhea. Tanya aja sama Mbak Siska kalo enggak percaya"

"Oh, ya." Yasmin mengangguk, saat itu dia dan Siska hendak mengambil baju Dhea, dan mereka tidak sengaja mendengar obrolan Rio dan Miswan.

"Dhe, kamu enggak akan *nerimanya*, kan?" Panji bertanya lirih.

Dhea tersenyum hambar, diliriknya Yasmin yang menunduk. Anak itu sepertinya benar-benar jatuh cinta sama Panji.

"Entahlah, Mas."

Panji melempar pandangannya, hatinya resah. Dia sudah tahu jika Dhea hanya menganggapnya teman. Sehelai daun bunga matahari jatuh, menyerah kalah akan seleksi alam. Haruskah dia menyerah juga.

***

"Mbak ...."

"Kenapa?" Dhea menoleh ke arah Yasmin yang lagi duduk menghadap laptop-nya.

"Ehmm ... Kang Miswan, gimana?"

"Ga tau, Yas. Keknya sehat dia." Yasmin menoleh sebal, Dhea hanya tertawa geli.

"Mbaaaakkkk ...."

"Mbak enggak tau, Yas." Yasmin menunduk memainkan kabel headset. Wajahnya sendu seperti memikirkan banyak hal.

"Ehmmm ... kalo Mas Panji?"

Dhea menatap Yasmin lekat, gadis itu menggigit bibir bawahnya. Nampak sekali kalau dia tengah gundah.

"Mbak enggak akan nerima dia, Yas."

Yasmin menoleh cepat. "Kenapa, Mbak?"

"Karena kamu mencintai dia, kan?" Yasmin segera duduk di sebelah Dhea. Perasaan bersalah menggerayangi hatinya.

Dhea tetep menunduk, dari ujung matanya dia bisa melihat Yasmin merana. Bibir berisinya melengkung saat dilihatnya mata Yasmin mulai berair. Suara tawanya pecah saat Yasmin mulai menangis.

"Iiiihhh, Mbak." Dhea menggeliatkan badannya saat Yasmin menggelitik pinggangnya.

"Iya, iya, maaf." Dhea mengatur napasnya, dia menepuk punggung tangan Yasmin.

"Mbak menganggap Mas Panji hanya sebagai teman, enggak lebih."

"Begitu ya, Mbak?" Dhea mengangguk, dia membelai rambut panjang Yasmin. Pertama kali mengenalnya Dhea sudah merasa nyaman. Dia seperti memiliki adik perempuan. Meskipun anak orang berada, Yasmin sangat sederhana.

Dhea sangat berharap jika Panji dan Yasmin suatu saat bisa bersama. Mereka orang-orang yang baik. Ditengah harapnya, Dhea merasa nelangsa akan nasibnya sendiri.

"Yas, nanti kuliah mau ngambil jurusan apa?"

"Psikologi, Mbak?"

"Wih, keren!"

"Mbak …."

"Ya?"

"Mbak kenal sama Mbak Sonya?"

Dhea yang lagi memeriksa akun media sosialnya seketika berhenti. Tatapan tetap pada ponsel tetapi pikirannya mengembara pada saat pertemuan terakhirnya dengan Sonya.

"Mbak Sonya itu dulunya kakak kelas Mbak Dhea."

"Kalo gitu, Mbak Dhea kenal sama Mas Farhan?"

Dhea menarik napas, sebenarnya dia malas untuk mengenang masa lalu. "Mbak enggak kenal, cuma tau. Itu aja."

"Masa sih, Mbak. Katanya Mas Farhan itu terkenal di sekolah?" Yasmin bertanya tidak percaya.

"Mungkin benar jika Mas Farhan terkenal, tapi karena Mbak ini yang kuper, mainnya ke perpustakaan terus jadi enggak begitu tau tentang gosip sekolah."

Yasmin membulatkan mulutnya, Dhea berharap jika gadis itu percaya. Dilihatnya jam di ponsel menunjukkan pukul sepuluh malam.

"Sudah malam, Yas. Tidur, ya."

Yasmin mengangguk kemudian mematikan lampu kamar dan menggantinya dengan lampu tidur. Dhea menggeserkan tubuhnya supaya kasur muat untuk mereka berdua.

Bab 25

"Gimana, Dhe. Beneran enggak ada keluhan?" tanya Siska saat mereka selesai kontrol untuk yang terakhir kalinya.

Dhea mengangguk, dia duduk di sofa depan Tv. "Bener, Mbak, aku enggak ada keluhan. Kayaknya beneran dah sembuh ini."

"Alhamdulillah kalo gitu. Tapi kalo ada keluhan sedikit saja cepat-cepat kasih tau."

"Mbak ... aku enggak enak, nanti aku ganti biaya berobatnya." Siska yang sedang membuat teh seketika menoleh. Dibawanya dua gelas teh hangat dan diletakkannya di atas meja.

"Kamu ngomong apa, Dhea. Nggak ada yang harus diganti. Mbak dan Mas Farhan ikhlas. Kamu sudah Mbak anggap keluarga. Jangan sungkan."

Dhea diam, percuma membahasnya, Siska tetap akan menolak jika Dhea memaksa ingin membayar biaya pengobatannya.

Siska menggenggam tangan Dhea, ditatapnya wajah gadis itu yakin. "Dhe ... Mbak mau bicara serius sekaligus minta tolong sama kamu."

"Minta tolong apa ya, Mbak?"

Siska menarik napas panjang, genggaman tangannya semakin kuat. "Dhe, Mbak ini sakit. Sudah hampir dua tahun ini sakitnya makin menjadi. Mbak sudah berobat ke berbagai tempat, sampai pengobatan alternatif pun sudah Mbak lakukan."

Siska menunduk menjeda kalimatnya, Dhea menunggunya dengan sabar. Ada gurat kesedihan di sana. Hal yang wajar, wanita mana pun pasti akan sedih setelah menikah sekian lama tapi belum juga dikaruniai keturunan, ditambah lagi sakit fisik yang harus diderita.

"Dhe, Mbak sepertinya sulit untuk punya anak."

Air mata Siska jatuh, dia tidak sanggup lagi memendamnya. Dhea memeluk tubuh ringkih itu, mengusap punggungnya dengan lembut.

"Sabar, Mbak. Insya Allah nanti dikasih, tetap berprasangka baik sama Allah, ya." Sudut mata Dhea ikut menggantungkan air mata, rasa sayangnya akan wanita itu membuatnya ikut larut dalam rasa.

Siska melepaskan pelukannya, ditatapnya Dhea lamat-lamat. "Dhe, jika kamu ada diposisi Mbak, apa yang akan kamu lakukan?"

Dhea tersenyum, dieratkan genggaman tangannya, mencoba memberikan kekuatan. "Tetap optimis, Mbak. Yakin dan percaya datangnya keajaiban."

"Tapi kita harus realistis juga, Dhe."

Dhea diam, jujur dia juga bingung mau memberi saran apa. Masalah rumah tangga seperti ini dia tidak punya solusinya, apa karena dia belum menikah jadi dia tidak bisa memberi jawaban yang tepat untuk kegundahan yang Siska alami.

"Dhe, Mbak minta tolong sama kamu, bisa?"

"Insya Allah, aku akan usahakan, Mbak."

Dhea menunggu dengan sabar, entah kenapa hatinya sedikit resah dan takut. Seolah-olah dia sedang menunggu vonis hakim.

"Jadilah adik maduku, Dhea. Menikahlah dengan Mas Farhan."

Mata Dhea terbelalak, hatinya terkejut luar biasa. Dia yang selama ini menjaga hatinya untuk Siska, agar wanita itu tidak merasa dikhianati karena dirinya yang masih memiliki rasa yang utuh terhadap suaminya. Kini memohon kesediaannya untuk menjadi istri suaminya.

Perlahan Dhea melepaskan genggamannya, sungguh sulit baginya menerima permohonan itu. Dia tidak tahu haruskah merasa bahagia atau sedih.

"Kenapa, Mbak? Banyak solusi lain, kenapa harus merelakan kebahagiaanmu?"

"Solusi apa lagi, Dhe? Semua sudah Mbak coba."

"Bisa bayi tabung."

"Kalau fisikku memungkinkan, dari dulu sudah Mbak lakukan."

"Adopsi kalau begitu." Dhea masih mencoba memberi pilihan lain. Diraihnya gelas yang berisi teh yang mulai mendingin. Dibasahinya tenggorokan yang tiba-tiba terasa kering.

"Dhe, Mbak ingin memiliki anak dari benih Mas Farhan."

"Mbak yakin aku bisa, bagaimana jika aku tidak bisa memberikannya keturunan?"

Siska menggenggam tangan Dhea, ditatapnya Dhea dengan penuh keyakinan. "Mbak yakin kamu bisa, Dhe.

Mbak percaya kamu bisa memberikan keturunan untuk Mas Farhan."

"Apakah Mas Farhan tau tentang ini, Mbak?"

Siska menggeleng. "Nggak. Mas Farhan enggak tau."

Dhea menunduk, dia merasa tidak berdaya. "Mbak ... apakah hatimu tidak sakit membayangkan suamimu berbagi kasih dengan wanita lain?"

"Aku sakit membayangkannya jika harus berbagi dengan wanita lain. Tapi tidak denganmu, Dhea. Aku sungguh-sungguh menyayangimu."

"Kenapa? Apa karena aku belum menikah juga. Apa aku begitu menyedihkan, Mbak kasihan melihatku?"

"Bu-bukan. Bukan seperti itu, Dhea. Tolonglah jangan berpikiran aku melakukan ini karena aku kasihan. Sungguh aku tulus, Dhe."

Dhea menarik napas dalam, dilihatnya martabak yang mereka beli tadi. Sebelumnya dia sangat ingin memakannya, kini seleranya sudah hilang. Jangankan untuk makan, bernapas pun dia merasa sesak saat ini.

"Aku butuh waktu, Mbak. Dan bagaimana jika aku tidak bisa memenuhi keinginanmu."

Siska menunduk, Dhea merasakan tangannya basah. Siska menangis.

"Aku mencarimu sudah lama, Dhea."

Alis Dhea terangkat. "Maksudnya?"

"A-aku sudah lama mencari wanita baik sepertimu. Sungguh, jangan kecewakan aku Dhea."

"Bagaimana jika Mas Farhan yang tidak mau?"

"Dhea, aku hanya butuh persetujuanmu. Untuk Mas Farhan aku bisa mengatasinya. Tolonglah."

Dhea menatap wanita di samping kanannya, tidak habis pikir dan tidak percaya. Dia merasa sangat iba pada sahabatnya. Pasti berat dia mengambil keputusan seperti ini.

"Mbak beri aku waktu, kita harus sama-sama berpikir. Aku berharap masih ada solusi lain untuk masalahmu."

***

Dhea duduk terpekur di atas sajadahnya, sudah hampir satu jam dia menghabiskan waktu untuk berzikir. Solat Isya sudah dia tunaikan tadi. Sengaja dia tidak mengizinkan Yasmin untuk tidak tidur di rumahnya dengan alasan Rio akan pulang malam ini.

Dhea butuh waktu untuk sendiri, permintaan Siska siang tadi banyak mengubah suasana hatinya. Beberapa pesan pun tidak ditanggapi olehnya.

Dhea mendesah resah, sungguh tidak ada niat sedikitpun dia ingin masuk ke dalam rumah tangga sahabatnya. Dia sudah ridho akan takdir Tuhan untuknya.

Tapi di saat ikhlas sudah dia raih kenapa Tuhan seakan kembali menguji imannya lewat Siska yang memintanya untuk menjadi madunya.

Bagaimana reaksi Farhan jika dia tahu istrinya telah memintanya untuk menjadi istri keduanya. Senangkah dia? Mengingat betapa laki-laki itu tidak bisa menyembunyikan rasa cinta untuknya.

Dhea memejamkan mata, setetes air bening jatuh. Kepalanya berdenyut sakit. Masalah ini membuat fisiknya menyerah. Dia tersungkur di atas sajadah.

Bab 26

Panji masih terbaring di tempat tidur, matanya menerawang ke langit-langit kamar. Sudah dua hari dia hanya berdiam di dalam kamar. Ibunya sudah membujuknya untuk ke dokter, dia khawatir melihat kondisi anak laki-lakinya yang demam tinggi tapi tidak mau juga diajak untuk berobat.

Panji memijit kening, satu butir air mata jatuh dari sudut mata. Hatinya perih mengingat pertemuannya dengan Siska dan Yasmin tiga hari yang lalu.

"Mbak ingin bicara pada kalian berdua, terutama kamu Panji. Mbak ingin minta tolong." Yasmin dan Panji saling pandang, tidak mengerti.

"Kalian pernah baca novel Air Mata Disti, novelnya Dhea?" Yasmin dan Panji mengangguk.

"Menurut kalian, bagaimana ceritanya?"

"Sedih, Mbak. Tiap kali Yasmin baca selalu menangis." Panji mengangguk setuju.

"Memangnya ada apa ya, Mbak?" tanya Panji penasaran. "Nggak mungkin 'kan ya, Mbak sengaja ngajak kita bertemu hanya untuk membahas novel Dhea?"

Siska mengangguk, diambilnya jus buah naga yang dipesannya tadi lalu diminumnya sedikit.

"Novel itu kisah nyata Dhea." Lagi-lagi Panji dan Yasmin saling pandang, wajah mereka sama-sama kaget.

"Semuanya utuh kisah percintaan Dhea dan ... Mas Farhan."

"Apaaaa???" Kompak Panji dan Yasmin berteriak. Panji yang tidak menyangka nampak shock, pandangannya mengarah pada gelas yang berisi kopi hitam miliknya. Pahit seperti rasa yang dialaminya saat ini.

"Ja-jadi, maksudnya apa ini, Mbak," tanya Panji tanpa memalingkan tatapannya.

Siska menarik napas dalam, sungguh tidak tega dia membicarakan hal ini pada laki-laki baik itu. "Mbak ingin kamu tidak mengejar Dhea lagi."

Panji mengerutkan kening. "Kenapa?"

Yasmin membuka matanya lebar, bukan karena dia senang jika Panji tidak lagi menunggu Dhea, tetapi dia heran kenapa kakak iparnya meminta hal itu kepada laki-laki yang selama ini dia cintai dalam diam.

"Mbak ingin Dhea menjadi istri kedua Mas Farhan."

"What! Apa, Mbak?" Yasmin setengah memekik.

Siska menoleh, dipegangnya pundak Yasmin. "Iya, Yas. Mbak ingin Dhea juga menjadi kakak iparmu, bukankah kamu sangat menyayanginya."

"A-apa alasannya, Mbak ingin menginginkan Dhea menjadi adik madumu, Mbak?" tanya Panji lirih.

"Iya, Mbak, apa yang sebenarnya terjadi. Apa Mbak Dhea dan Mas Farhan bermain dibelakangmu?" Yasmin bergidik sendiri dengan pertanyaannya. Hancur sekali hatinya jika orang-orang yang dia sayangi tega melakukan hal sekeji itu.

Siska menggeleng. "Nggak, Yas. Mereka sama sekali enggak pernah sedikitpun melakukan hal bodoh itu. Dulu, sebelum Mas-mu menikahi Mbak, dia pernah membuat pengakuan jika di hatinya ada seorang gadis yang sangat dia cintai. Mbak menerimanya lamaran Mas Farhan tanpa syarat. Mbak enggak meminta Mas Farhan untuk melupakan gadis itu, Mbak berpikir dengan berjalannya waktu dan kebersamaan kami dapat menghapus nama gadis itu di hatinya. Tapi ternyata Dhea memiliki tempat yang teramat istimewa."

"Apa kakakku menyakitimu, Mbak?"

"Nggak, Yas. Sekalipun Mas Farhan enggak pernah menyakiti fisik ataupun psikis Mbak. Cintanya tulus, dia seorang suami yang sempurna."

"Lalu kenapa Mbak ingin mereka bersama jika Mas Farhan sempurna?" Panji bertanya sedikit kesal.

"Mbak yang tidak sempurna, Mbak tidak bisa memberikan keturunan untuk Mas Farhan."

Yasmin menyandarkan tubuhnya pada belakang kursi, kenyataan ini membuat dia bingung. Dia tidak tahu harus apa. "Apa Mbak Dhea sudah tau?"

"Iya, Dhea sudah tahu kemarin."

"Lalu, Mbak Dhea setuju?"

"Tentu saja dia menolaknya, Yas. Wanita sebaik dia mana mungkin bisa menyakiti hati wanita lain. Tapi Mbak memintanya untuk memikirkan tentang ini. Besar harapan Mbak supaya dia mau menerimanya"

"Bagaimana jika Mbak Dhea tetap menolak?"

Siska menggigit bibir bawahnya. "Makanya Mbak ingin kamu membujuknya."

Panji merasakan kepalanya semakin sakit, seperti ada ribuan palu menghantam kepalanya tanpa ampun.

Ini untuk pertama kalinya dia sejatuh-jatuhnya mencintai seorang gadis. Rasa tidak rela untuk melepas Dhea. Meskipun selama ini gadis itu tidak pernah sekalipun membalas rasanya. Tapi menerima kenyataan jika dia harus pasrah dan kalah membuatnya merasa sangat nestapa.

Samar-samar dia mendengar suara ibunya, dia menyerah saat sang bunda menelpon sang kakak untuk datang dan membawanya ke rumah sakit.

**

Dhea sudah kembali mengajar, dia bukan hanya rindu dengan aktifitasnya. Tapi dia sangat mencintai anak didiknya. Banyak hal yang tidak dia ketahui tentang murid-muridnya.

Dhea mendapat berita jika Dodit dan Beben masuk panti rehabilitasi, mereka ketahuan sedang memakai narkoba di belakang gudang sekolah. Ayah Dodit masuk penjara karena tertangkap tangan saat menjual ganja pada seorang tukang ojek.

Dhea merasa prihatin dengan kabar yang didengarnya. Jika saja saat itu dia berhasil memberikan nasehat untuk anak-anak didiknya, maka mereka tidak harus menghabiskan waktu di panti rehabilitasi. Mungkin mereka sekarang tengah duduk bersama teman-temannya membicarakan pelajaran sekolah dan masa depan.

Lamunan Dhea terhenti saat ponselnya berbunyi dari dalam tas. Dilihatnya ada pesan masuk lewat WA dari

Yasmin. Dhea malas membukanya, dibiarkannya pesan itu tanpa dibacanya. Semenjak Siska meminta kesediaannya untuk menjadi istri kedua Farhan, Dhea menjadi sungkan berhubungan dengan keluarga itu, terlebih saat Yasmin datang ke rumahnya dua hari yang lalu.

"Mbak ... Yas mau ngomong boleh?" tanya Yasmin saat itu. Dia datang masih mengenakan seragam sekolah sudah beberapa hari dia tidak menginap di rumahnya.

"Boleh lah, tumben minta izin," jawab Dhea tanpa menoleh, dia tengah sibuk memotong rumput di halaman samping.

"Ehm ... gini, Mbak Siska sudah cerita soal Mbak Dhea dan ... Mas Farhan."

Dhea yang sedang sibuk dengan gunting rumputnya seketika berhenti dan menoleh ke arah Yasmin yang meremas jari jemarinya.

"Lalu?"

"Yas, enggak tau mau ngomong apa, bingung. Yas masih kecil, enggak paham soal kalian. Tapi yang pasti Yas sayang sama Mbak Dhea dan Mbak Siska." Yasmin menunduk tidak berani bersitatap dengan Dhea.

"Ya sudah, kamu enggak usah ikut mikirin masalah enggak bener ini, Yas. Mbak Siska cuma lagi down, dia butuh dukungan kita." Dhea memejamkan matanya sejenak demi menghilangkan penat.

"Kamu sudah makan?"

Yasmin mengangguk. "Sudah, Mbak, tadi di kantin."

"Kamu nginep di sini?" Yasmin menggeleng. "Ya, sudah, kalo gitu buruan pulang, mendung ini."

Yasmin pulang dengan kepala menunduk, baru lima langkah dia berbalik dan memeluk Dhea erat.

"Mbak ...Yasmin sayang sama Mbak Dhea. Sungguh, Yas mau Mbak Dhea jadi kakak ipar Yasmin."

Dhea menepuk punggung Yasmin lembut, air matanya jatuh. Hatinya benar-benar tidak karuan.

Dering ponsel membuyarkan lamunannya, ada panggilan masuk dari Yasmin. Dilihatnya ponsel yang bergetar tanpa ada niat untuk mengangkatnya. Hening. Tapi ponselnya kembali berbunyi, dengan malas ditekannya tombol hijau.

"Assalammu'alaikum, kenapa, Yas?"

"Waalaikumsalam, Mbak! Tolong Yasmin. M-Mbak Siska pingsan!" Suara Yasmin terdengar gemetar.

"Di rumah ada siapa, Yas?"

"Cuma ada kami berdua, Mbak. Mbak tolong ke sini bantuin Yas!"

"Ba-baik, Mbak langsung ke sana." Segera Dhea keluar dari ruang guru, hatinya tidak karuan. Dia memanggil tukang ojek yang mangkal di dekat sekolah. Sejak kecelakaan tempo hari, Dhea belum berani untuk membawa motor sendiri.

Sepanjang perjalanan pulang hatinya tidak menentu. Terbayang wajah Siska yang pucat dengan tubuhnya yang ringkih. Oh Tuhan, semoga dia tidak apa-apa.

🌼 Bab 27

Dhea segera masuk ke dalam rumah bercat putih itu dengan setengah tergesa. Dia melihat sebuah kamar dengan pintu kamar yang terbuka, dia masuk saat melihat Yasmin duduk di sebuah tempat tidur dengan ponsel di depan telinga kanannya.

"Mbak, gimana ini. Mbak Siska belum sadar."

"Sudah dikasih minyak angin?"

"Sudah, Mbak." Dhea meraba kaki dan tangan Siska, dingin. Digosok-gosokkannya dengan telapak tangannya.

"Mas Farhan ke mana, Yas?"

"Mas Farhan lagi *otw* ke sini, Mbak. Tadi sudah Yas telepon."

Yasmin menoleh ke luar saat suara mobil Farhan memasuki perkarangan. Farhan masuk dengan tergesa tanpa mengucap salam. Sesaat Farhan dan Dhea saling tatap.

"Yas, ayo kita ke rumah sakit." Yasmin mengangguk.

Farhan mengangkat tubuh Siska dan keluar menuju mobil yang pintunya sudah dibuka. Dengan cepat Yasmin masuk terlebih dahulu.

"Dhe, kamu ikut ya."

"I-iya, Mas."

Dhea masuk mobil dengan Siska berada di antara dia dan Yasmin. Farhan melajukan mobilnya dengan hati-hati. Dhea melihat raut cemas di wajah laki-laki itu. Sungguh, Dhea melihat cinta tulus yang Farhan tampilkan. Sikap yang sama saat dia tertabrak motor.

Dhea menghela napas, berat. Hatinya resah tapi tidak tahu untuk apa. Digenggamnya tangan Siska. Berdoa dalam hati untuk kebaikan wanita itu.

Mobil sudah memasuki halaman rumah sakit dan menuju UGD. Dengan sigap perawat mengangkat Siska dan menidurkannya di atas brangkar. Hanya Farhan yang dibolehkan ikut ke dalam ruang UGD, sementara Dhea dan Yasmin duduk di ruang tunggu.

"Kenapa Mbak Siska bisa pingsan, Yas."

"Yas enggak tau, Mbak. Tadi saat mau ngambil obatnya dan ngasih ke Mbak Siska, Mbak sudah enggak sadar."

"Mbak Siska sakit sebelumnya?" Yasmin mengangguk. "Sejak kapan?"

"Sejak dua hari yang lalu."

"Sudah dibawa ke dokter?" Yasmin menggeleng. "Mbak Siska enggak mau ke dokter katanya."

"Lalu, tadi mau dikasih obat apa?"

"Obat yang biasa Mbak minum, Mbak Siska sudah sering minum obat itu, Yas pernah membelinya ke apotek."

Dhe mengerutkan kening, sesaat tadi dia berpikir jika Siska mencoba untuk minum obat yang bisa membuat nyawanya hilang.

"Aman, Mbak. Mas Farhan sendiri yang meminta Yasmin menebus obat itu," ucap Yasmin seolah tahu apa yang Dhea pikirkan.

Dhea melihat jam di dinding sudah menunjukkan pukul empat sore. Dhea segera ke musala yang ada di dekat parkiran untuk salat Ashar bergantian dengan Yasmin.

Dhea duduk di ruang tunggu sendirian sementara Yasmin pergi salat. Lamunannya kembali saat Siska memohon kesediaannya untuk menjadi adik madu baginya. Senyum miris terbit dari bibirnya yang penuh. Dhea merasa takdir hidupnya begitu lucu.

"Apa ada hal yang lucu, Dhe?" tanya Farhan yang membuat Dhea berjengit kaget. Dhea melihat anak rambut laki-laki itu basah.

"Mas habis dari musala?" Farhan mengangguk. "Bagaimana keadaan Mbak Siska?"

"Alhamdulillah, baik. Dia cuma kelelahan."

"Alhamdulillah."

Farhan menyandarkan punggungnya, kedua tangannya dimasukkan kedalam saku celana.

"Apa kamu tau, Dhe, apa yang terjadi sama Siska. Ehm ... maksudku, akhir-akhir ini dia sering menyendiri dan melamun. Apa Siska ada curhat ke kamu?"

Dhea diam sejenak, digigitnya bibir bawahnya. Farhan sepertinya belum tahu keinginan Siska untuk menjadikannya sebagai istri kedua.

"Mbak Siska enggak cerita apa apa sama Mas Farhan?" Farhan menggeleng, kepalanya bersandar pada dinding dan menatap langit-langit rumah sakit.

"Sudah dua tahun Siska sakit, tapi sudah setahun belakangan ini dia sering melamun, kadang menangis sendiri. Setiap kali aku tanya, katanya dia baik-baik saja."

"Mbak Siska seminggu yang lalu ngomong serius ke aku, Mas."

Farhan menoleh dan menegakkan duduknya. "Oh, ya? Ngomong apa?"

"Tentang sakitnya."

"Oh, itu."

"Mbak Siska beneran enggak ngomong apa-apa padamu, Mas?"

Farhan menautkan kedua alisnya, kali ini duduknya menghadap Dhea. "Ada apa, Dhe? Siska ngomong apa?"

Dhea menelan saliva, bingung antara ingin memberitahu atau tidak tentang obrolannya dengan Siska.

"Ehm ... Mbak Siska memintaku untuk menjadi madunya."

"APA???"

Dhea mengangguk, pandangannya tertuju pada vas yang berisi bunga plastik yang ada di samping Farhan.

"Mbak Siska bahkan meminta Yasmin untuk membujukku karena aku menolaknya."

Farhan menyugar rambutnya yang masih basah. Dia tidak menyangka jika istrinya meminta gadis yang dia cintai untuk menjadi istrinya. Seharusnya dia senang, tapi entah kenapa dia tidak merasakan hal itu.

Mereka berdua terdiam hingga suara Yasmin memanggil mereka berdua.

"Mas, Mbak ... Mbak Siska sudah siuman." Bergegas Farhan masuk ke ruang UGD.

"Gimana keadaan Mbak Siska, Yas?" tanya Dhea cemas.

"Sehat, Mbak. Cuma kecapekan. Tadi *nanyain* Mbak Dhea."

Dhea dan Yasmin kembali duduk menunggu, belum ada lima menit sepasang suami istri berumur kira-kira lima puluhan mendatangi mereka.

"Gimana keadaan Siska, Yas?"

"Nggak apa-apa, Bu. Cuma kelelahan kata dokternya."

"Kok, bisa? Kelelahan sampe pingsan gitu," gerutunya. Dhea mengangguk tersenyum saat mata mereka bersitatap.

Dari pintu nampak Farhan keluar, disalaminya kedua orang tuanya. Matanya menatap Dhea. "Dhe, Siska mau ketemu kamu," ujarnya. Dhea mengangguk permisi lalu masuk ke ruang UGD.

"Siapa dia, Yas?" tanya Bu Retno

"Guru menulis Yasmin, Bu, juga temannya Mbak Siska," jawab Yasmin pelan. Dipijit-pijitnya lehernya yang pegal.

"Kamu pulang nanti, biar Mas-mu yang jaga."

"Iya, Bu, ntar barengan Mbak Dhea."

***

Farhan melajukan mobil dengan kecepatan sedang. Suasana hening, tidak ada yang membuka obrolan. Yasmin sudah tertidur sedari tadi. Dhea menatap ke arah luar jendela mobil. Farhan sesekali melihatnya dari arah kaca depan.

Hujan mulai turun, tidak terlalu deras tapi cukup membuat basah tubuh mereka yang berada di luar. Dhea melipat kedua tangannya di depan dadanya. Farhan yang melihat itu kemudian mengecilkan volume AC.

Langit sore itu terasa dingin dan sendu, seperti keadaan dua hati yang sama-sama mendamba tapi menahan untuk bersua. Tidak selamanya cinta itu harus memiliki dan mengikat, Dhea. Begitu bisik hatinya.

Mobil memasuki halaman sebuah rumah makan yang tidak jauh dari rumah Dhea. Farhan menoleh sebelum membuka pintu mobil.

"Aku beli nasi buat kita dulu ya, Dhe."

"Eng-enggak, enggak usah, Mas. Rio malam ini pulang, nanti aku mau masak," tolak Dhea.

"Nggak usah masak, aku belikan juga untuk Rio." Tanpa menunggu bantahan, Farhan segera turun dari mobil. Setengah berlari dia masuk ke dalam rumah makan yang terbuat dari anyaman bambu.

Dhea menunggu, dari dalam mobil dia melihat Farhan. Laki-laki tampan, baik, kaya dan dengan postur tubuh yang sempurna. Bagaimana bisa Siska melepas laki-laki seperti itu untuk berbagi dengan wanita lain.

Dhea menarik napas dalam, dilihatnya jam di ponsel sudah menunjukkan pukul setengah enam. Seperti biasa mungkin Rio akan pulang setelah isya.

Bab 28

"Mbak mau?" tanya Rio saat Dhea selesai membicarakan keinginan Siska padanya.

Dhea diam sejenak, dibereskannya piring kotor bekas dia dan adiknya makan malam. "Mbak enggak mau, Dek. Mbak gak mau menjadi orang ketiga di antara mereka."

Rio tertawa sinis. "Mbak bicara begitu seolah-olah Mbak itu berselingkuh dengan suaminya."

"Memang tidak seperti itu, tapi …."

"Mbak masih cinta sama Mas Farhan?"

Dhea yang lagi mencuci di wastafel terdiam, kata-kata Rio seperti pukulan yang menampar hatinya. Kalau dia memang sudah tidak cinta lalu air mata yang sering mengalir tanpa permisi jika dia mengingat Farhan itu apa?

"Mas Farhan pasti juga sama, kalau begitu kenapa harus dihindari. Bukankah poligami memang dianjurkan jika perkaranya seperti ini."

"Lalu menurutmu Mbak harus menerimanya?"

Rio mengangguk yakin. "Sangat jarang Mbak, istri pertama mencarikan madunya sendiri."

"Apa kata orang, Dek? Apa kata keluarganya. Mau dike manakan muka ini, Mbak malu." Dhea duduk menghadap adiknya, diambilnya segelas air putih lalu diteguknya sampai habis.

"Lalu, Mbak mau bagaimana?"

"Entahlah, ngantuk." Dhea berangkat dari duduknya, ditinggalnya Rio sendiri.

Dhea masih terjaga, meskipun lampu kamarnya sudah dimatikan, kantuk belum juga menghampiri. Dengan malas dia meraih ponsel yang ada di atas meja belajarnya.

Ada pesan masuk via WA, dari beberapa teman dan muridnya. Namun begitu banyak pesan dan panggilan tidak terjawab dari Yasmin.

Mata Dhea mengabur saat membaca pesan jika kondisi Siska melemah. Dia melihat jam sudah hampir pukul sepuluh. Bergegas Dhea keluar dan mengetuk pintu kamar Rio.

***

Dari pintu kaca Dhea melihat Siska yang diinfus dan selang oksigen yang terpasang di hidungnya. Telapak tangannya dingin, meskipun sudah dimasukkan ke dalam saku jaket.

Ingin sekali dia memeluk Siska dan menggenggam tangannya. Tapi jam besuk sudah habis, sedangkan yang boleh menunggu hanya satu orang.

Dhea melihat seorang ibu yang duduk di samping kanan Siska. Dia pasti ibunya, karena wajah mereka mirip. Membuat Dhea menjadi sedih, dia teringat ibunya sendiri.

"Tadi Siska mencarimu." Dhea merasakan tubuhnya menggigil saat Farhan berdiri di sampingnya. Pandangan mereka tertuju pada objek yang sama.

"Maaf, tadi enggak tau kalau Yasmin telepon. Hp aku silence."

"Kamu baik-baik saja, Dhe?" tanya Farhan saat mendengar gigi Dhea gemerutuk.

"Iya."

Tatapan Dhea tetap tertuju pada Siska yang terbaring lemah, tidak menghiraukan Farhan yang pergi entah ke mana.

Hatinya nyeri melihat bagaimana khawatirnya orang tua Siska, wajahnya tampak lelah. Jika bisa, ingin dia menggantikan posisi beliau menjaga Siska, sahabatnya.

Dhea menoleh saat Farhan kembali dengan membawa dua gelas teh hangat. Tidak menolak, dia mengambil dan menggenggamnya dengan kedua tangan. Panas air teh membantu menghangatkan telapak tangannya yang sedikit membeku.

"Kamu harus sehat, Dhe. Aku tidak punya alasan kenapa aku mengatakan ini. Tapi, aku ingin melihatmu sehat."

Dhea menahan napasnya, mereka saling tatap lewat kaca yang ada di depan mereka.

Mengurangi rasa canggung, Dhea mundur dan duduk di samping Rio yang kini sudah terlelap. Dhea memejamkan matanya, mencoba menghilangkan penat. Entah di menit keberapa, akhirnya Dhea kalah dengan kantuk.

Perlahan Farhan mengambil gelas yang berisi teh dari genggaman Dhea, dan meletakkannya di bawah kursi. Dia mengambil selimut yang tadi dibawa Yasmin, dan menutupi tubuh gadis itu.

Farhan duduk di dekat pintu IGD, jadi jika dokter atau perawat memanggilnya dia bisa sigap untuk datang. Farhan menarik resleting jaketnya hingga ke dagu dan kedua tangannya dimasukkan ke dalam saku celana.

Siska mengajaknya masuk ke dalam rumah megah itu. Farhan tidak tahu itu rumah siapa, sedikit canggung saat dia sudah berdiri di depan pintu utama yang begitu besar.

"Ini rumah siapa, Ma?" tanya Farhan. Matanya tetap pada pintu yang memiliki ukiran cantik, tidak dia hiraukan Siska yang menatapnya heran.

"Ini rumah kita, Pa. Nggak ingat?" Farhan menggeleng, dia melihat melalui kaca jendela, ada seorang wanita yang duduk di sebuah meja makan. Posisi duduknya menghadap ke arahnya, tapi dia tidak bisa melihat wajah itu karena kepalanya menunduk membaca sebuah buku.

Siska membuka pintu yang tidak dikunci, seketika aroma pengharum ruangan menusuk hidungnya. Farhan memejamkan mata, dia mengenali aroma ini. Sangat familiar. Seseorang sangat menyukai wangi lemon.

Saat Farhan membuka mata, sebuah senyuman terukir di wajah manis milik wanita yang tadi duduk di depan meja makan. Dia menoleh ke arah Siska, istrinya itu mengangguk dan tersenyum.

"Kini kita keluarga, Pa."

"Tapi, Ma …."

"Tugas Mama sudah selesai."

"Mama." Farhan melihat wajah Siska memucat, jemari yang dia genggam berubah dingin.

"Ma … Mama. Mamaaaa!"

Farhan terus berteriak hingga hampir terjatuh dari bangku tempat dia tidur. Dia mengusap wajahnya dan beristigfar berkali-kali.

Dari ruang IGD dia melihat ibu mertuanya berjalan setengah berlari. Segera dia berdiri dan berjalan mendekat. Farhan masuk saat ibu mertuanya menyampaikan pesan jika Siska ingin bertemu dengannya.

***

Siska sudah siuman, dan sudah mendapat kamar, dia dimasukkan ke kamar VIP. Dhea melihat ruangan itu dengan takjub, sangat wajar jika mereka memilih ruangan khusus seperti ini. Keluarga Farhan dan Siska adalah orang yang berada.

Di ruangan itu sudah ada kedua orang tua Farhan, juga ayah dan ibu Siska. Sedangkan Yasmin dan Rio, menyusul di belakangnya.

Atas perintah Siska, Dhea duduk di sebelah kanannya. Sementara suaminya, duduk di sebelah kiri.

Siska menggenggam tangan Dhea, meskipun lemah tapi dia menggenggamnya kuat. Sinar matahari masuk dari celah ventilasi dan menyamarkan wajahnya yang pucat.

"Dhe ... bagaimana keputusanmu?" Siska bertanya lemah. Dhea melirik orang-orang yang ada di sana. Sungguh, dia bingung dan tidak nyaman.

"Aku sudah berbicara pada orang tuaku, mertua juga Mas Farhan." Mata Dhea membulat, dia tidak menyangka jika Siska begitu sungguh-sungguh menginginkannya untuk menjadi adik madunya.

"Mbak ... tolonglah dipikirkan lagi. Kenapa harus seperti ini?" Dhea menggenggam erat jemari Siska yang lemah. Mencoba memberikannya semangat.

Dhea merasakan pundaknya diremas seseorang. "Siska sudah menceritakan semuanya, sekarang keputusan ada di tanganmu, Nduk. Jangan merasa bersalah, kamu tidak merebut suaminya."

Dhea memejamkan mata, air matanya jatuh. "Mbak, aku tidak ingin menyakitimu."

"Nggak ada hati yang disakiti, Dhea. Tolong aku, Dhe. Aku takut, aku tidak bisa bertahan."

Dhea menutup wajahnya, kepalanya sakit. Keputusan terberat dalam hidupnya harus dia ambil. Dilihatnya lagi Siska yang tersenyum dengan wajah pasi, lalu menoleh pada Farhan yang sedari tadi hanya menunduk.

"Beri aku waktu, Mbak."

"Sampai kapan, Dhe? Aku takut tubuhku tidak bisa menunggu."

Dhea menarik napas dalam-dalam, dadanya begitu sesak. "Besok aku kasih kabar."

Bersama Rio, Dhea meninggalkan rumah sakit. Hatinya kacau. Dia seolah menggenggam buah simalakama.

Bab 29

"Saya terima nikah dan kawinnya Dhea Ishika Kinanti binti Ahmad Kholil, dengan mas kawin yang tersebut."

"Sah!"

Dhea memejamkan matanya, air matanya jatuh. Sementara tangannya yang sedang menggenggam jemari Siska kini gemetar hebat.

Berat rasanya saat dia diminta untuk mencium punggung tangan Farhan yang kini telah menjadi suaminya.

"Mbak," panggil Rio setengah berbisik. Matanya bergerak menunjuk Farhan.

Siska sudah melepaskan genggamannya, tetapi tangan Dhea tetap menempel.

Dhea tersadar saat Bu Sari, ibunya Siska memanggilnya pelan.

"Nak Dhea, Farhan sekarang suamimu. Siska yang mencarimu, bukan kamu yang sengaja hadir dalam kehidupan mereka. Jangan membebani dirimu dengan rasa bersalah. Kami menerimamu dengan lapang dada. Ini takdir Allah, Nak."

Genggaman tangan Dhea telepas saat Siska mengangguk dengan senyum menghiasi wajahnya yang masih pucat.

Diciumnya punggung tangan Farhan. Tangan laki-laki itu juga dingin, mereka berdua sama-sama kikuk.

Tidak tahan, Dhea setengah berlari keluar ruangan. Napasnya benar-benar sesak. Hatinya ngilu, meskipun bukan dia yang sengaja hadir dalam rumah tangga Siska, tapi dia merasa tetap menjadi seorang pelakor.

"Mbak ...." Yasmin merengkuh tubuh Dhea yang kini sudah menjadi kakak iparnya.

"Mbak jahat, Yaaasss!" Dhea memekik dalam pelukan Yasmin.

"Nggak, Mbak! Nggak ada yang bilang begitu."

Dhea terus terisak, dadanya semakin sempit. Bagaikan ada sebuah batu besar yang menghimpitnya dengan paksa.

Jika bisa biarlah dia yang sakit, dan mengikhlaskan Siska bahagia bersama Farhan. Dhea sangat tidak ingin berada diposisi ini. Aarrgghh. Ingin sekali berteriak, menumpahkan segala kesalnya.

***

"Dhe ... kita pulang dulu, biar Mama yang menjaga Siska untuk sementara."

Dhea melipat mukenanya dan duduk di sofa. Dilihatnya Siska yang tertidur pulas. Langit di luar mendung, meskipun baru jam empat sore, tapi sudah tampak gelap.

"Pulang ke mana?" Farhan yang duduk di sampingnya menoleh. Bergantian memandang kedua istrinya.

"Ke rumahmu."

Mereka saling tatap, Farhan mengerti Dhea masih butuh waktu untuk menerima semua ini.

"Kenapa? Bukan kah aku kini menjadi istrimu?"

"Apa kamu akan nyaman jika langsung tinggal di rumah kakek?" Dhea mengangguk setuju, benar kata Farhan, bahwa dia memang belum siap untuk tinggal di rumah besar itu.

"Dan ... Mas –"

"Aku akan kembali ke sini setelah mengantarmu."

"Aku juga ingin menjaganya." Dhea menghentikan ucapannya saat Farhan menatapnya lekat.

"Kamu harus sehat, Dhe. Jangan terlalu capek. Siska juga akan melarangmu untuk menjaganya. Besok juga kamu harus mengajar." Dhea akhirnya menurut, dengan pelan dia mencium kening Siska. Pamit pulang tanpa kata.

Tidak ada kata yang keluar dari mulut keduanya. Baik Dhea maupun Farhan sibuk dengan pikiran masing-masing. Sesekali Farhan melirik istri keduanya, berharap Dhea juga melihatnya. Tapi wanita itu tetap bergeming.

Dhea menoleh heran saat mobil menepi di pinggir jalan. "Kenapa berhenti, Mas?"

Farhan menatap Dhea intens. "Apa kamu terpaksa, Dhe?"

Dhea menunduk, tidak berani bertatap mata dengan Farhan. Tangan kirinya meremas *seatbelt*.

"A-aku –"

"Kamu tidak mencintaiku? Kalau iya, kenapa melakukannya." Farhan bersandar, merebahkan kepalanya dan matanya memejam.

Dhea melihat laki-laki itu dengan iba, dia terlihat lelah. Raga dan jiwanya. Dhea yakin, perasaan mereka sama, serba salah.

"Kita fokus pada kesehatan Mbak Siska dulu, Mas."

Farhan menarik napas panjang, perlahan dia melajukan mobil. Mereka kembali terdiam hingga mereka sampai di depan rumah.

Farhan menepuk keningnya. "Aku lupa, kita tidak mampir ke rumah makan."

"Mas, mau ke mana?" tanya Dhea saat Farhan kembali membuka pintu.

"Beli nasi."

"Nggak usah, nanti aku masak."

"Yakin?" Dhea mengangguk, Farhan meraba saku celananya dan membuka dompet.

"Untuk apa?" tanya Dhea heran saat Farhan mengangsurkan sejumlah uang padanya.

"Untuk kebutuhanmu, sementara pegang ini dulu."

"Aku ada, Mas." Farhan menghela napas, entah Dhea lupa atau pura-pura lupa.

"Sekarang aku suamimu, Dhea." Dhea mengangguk, dan mengambil beberapa lembaran merah dari tangan Farhan.

Dhea masuk ke rumah saat mobil Farhan sudah menghilang. Dia tidak menyadari ada sepasang mata menatapnya dengan sedih.

Miswan kembali mengangkat karung bayamnya, kepalanya menengadah, mencegah air matanya yang hendak jatuh.

**

"Dhe ... pergilah ke kamarmu!" perintah Siska, dia sudah tiga hari pulang ke rumah, dan selama itu juga Dhea tidur bersamanya. Padahal sudah disiapkan satu kamar khusus untuknya.

Dhea tetap bergeming, membolak-balik majalah, pura-pura membaca padahal hatinya gelisah.

"Dhe ...." panggilnya lagi, Dhea yang sedang membaca artikel kesehatan menghentikan bacaanya.

"Tunaikan tugasmu. Mas Farhan memiliki hak untuk dilayani."

Dhea yang duduk bersandar di pinggir ranjang, memejamkan matanya. Kata 'dilayani' membuatnya merinding. Bagaimana mungkin dia bisa melakukan kewajibannya dengan cara seperti ini. Bagaikan ada sebongkah batu karang di punggungnya. Berat.

Dhea merasakan telapak tangan Siska meremas pundaknya. Sangat rapuh, semakin membuatnya dilema.

"Kamu tau, Dhe. Semenjak aku sakit, aku tidak bisa lagi melayani Mas Farhan. Aku frigid. Bahkan ketakutan setengah mati saat Mas Farhan ingin mendekatiku." Siska menarik napasnya, meskipun tidak melihat, Dhea yakin jika wanita itu menahan isak.

"Tolonglah, Dhea, jangan membuatku merasa berdosa. Mas Farhan laki-laki normal, tapi dia mampu menjaga dirinya demi aku. Oleh karena itu, tolonglah, beri haknya."

"Ta-tapi, Mas Farhan tidak memintanya."

"Kita sama-sama tau siapa Mas Farhan, Dhea. Dia tidak akan seegois itu, tapi kamu yang harus paham dan mengerti."

Dhea menutup majalah yang dipegangnya. Melihat jam di atas meja, hampir jam sembilan. Sebentar lagi kakak madunya itu tidur.

"Mbak ...." Siska mengusap pundaknya, menghentikan ucapan Dhea yang ingin membantahnya.

"Pergilah!"

Dengan berat Dhea bangkit dari duduknya. Berjalan perlahan, saat dia membuka pintu, ditolehnya lagi Siska yang sudah memejamkan mata. Menarik napas panjang dia keluar.

Senyum tipis tercipta pada bibir yang pucat. Hatinya lega, pencariannya selama ini tidak sia-sia.

Dhea berdiri di depan pintu kamarnya. Dadanya berdetak tidak menentu. Berharap sekali dia datang bulan, sehingga bisa menghindari Farhan dengan alasan yang tepat.

Mengucap bismillah dalam hati, Dhea membuka pintu kamar. Kosong. Farhan tidak ada di sana. Ada rasa lega, dia berjalan menuju ranjangnya.

Dhea sudah terlelap saat ada sentuhan di rambut dan sebuah kecupan di puncak kepalanya. Kemudian suara pintu terbuka dan tertutup kembali.

Dhea memejamkan mata, ada setetes air bening dari pangkal mata kirinya dan jatuh melewati hidung dan menyatu dengan air yang sama di mata kanannya.

Pernikahan seperti apa yang sedang mereka jalani. Satu sisi dia mendapatkan laki-laki yang selama ini dia cinta. Satu sisi yang lain selalu merasa bersalah.

Bab 30

Dhea sibuk membersihkan rumahnya. Sudah beberapa hari, sejak dia mulai tinggal di rumah Kakek Atmo, baru kali ini dia mempunyai kesempatan untuk datang.

Keringat membasahi tubuhnya, saat dia tengah menggeser lemari kaca yang ada diruang tengah. Sebuah tangan menyentuh pundaknya. Hampir saja di berteriak jika saja tidak menyadari siapa yang datang.

Farhan kembali menggeser lemari itu ke tempat asalnya. Dan memberikan tas yang hendak diambil Dhea, yang tadi terjepit di sela lemari.

"Kamu sekarang sudah punya suami, Dhe. Kalau ada apa-apa kasih tau, biar aku yang lakukan."

"I-iya, Mas." Dhea menunduk saat Farhan menatapnya. Matanya memejam saat tangan kokoh itu menyentuh pipinya dan membersihkan jilbabnya yang terkena debu.

"A-aku buatkan teh dulu."

"Tidak usah. Aku ke sini hanya ingin menjemputmu."

"Barang-barang yang dicari sudah ketemu?" tanya Dhea dan dijawab dengan anggukan. Farhan tadi memang ke pasar mencari obat herbal untuk Siska.

Dhea menahan napas, setelah hampir dua minggu mereka menikah, baru kali ini mereka berdua dalam satu kesempatan.

"Ak-aku ambil dompet dulu."

Dhea masuk ke dalam kamarnya, dan melihat ponselnya bergetar. Ada nama Yasmin tertera di layar.

"Iya, yas?"

"'Mbak, cepat pulang!'" Suara Yasmin di seberang terdengar panik.

"Ada apa, Yas?"

"Mbak Sonya datang, Yas takut dia bikin ribut sama Mbak Siska."

"Oke-oke. Mbak lansung ke sana."

Dhea menggigit ujung kukunya, tangannya dingin. Firasatnya mengatakan keadaan tidak baik. Dia yakin Sonya pasti membuat ulah. Mertuanya sedang pergi, Dhea takut Sonya akan berbuat gila jika tahu dirinya menikah dengan Farhan.

Setengah berlari Dhea masuk rumah tanpa mengucap salam. Di depan pintu kamar Siska yang tertutup, Yasmin berdiri dan langsung memeluk Dhea. Saat Dhea hendak membuka pintu, Farhan mencegahnya.

"Di mana kewarasanmu, Sis. Bisa-bisanya menyuruh Farhan menikah lagi. Apa kau tidak tau, dari dulu Dhea menyukai Farhan. Oh, polosnya dirimu."

"Bukan hanya Dhea, tapi Mas Farhan juga. Mereka saling mencintai. Aku memang mencari Dhea untuk menggantiku." Dhea terbelalak, telapak tangan kanannya menutup mulut. Ternyata selama ini Siska mengetahui hubungannya dengan Farhan.

"Kamu tau?" Mata Sonya menyipit.

"Iya. Termasuk kamu yang tergila-gila dengan suamiku."

"Ka-kamu!"

Siska duduk bersandar pada kepala ranjang dengan tenang. Menatap Sonya yang kaget karena rahasianya diketahui olehnya.

"Aku tau segalanya, termasuk apa yang kamu lakukan padaku. Aku tidak menyangka, wanita modern sepertimu percaya guna-guna."

"Maksudmu apa?"

"Kau tau sekali apa maksudku. Di teras rumah kami terpasang CCTV, aku bisa melihat bagaimana kau menggali tanah di bawah bunga mawar dan mengubur sesuatu di sana. Ingin aku meyakini jika sakitku yang tidak wajar adalah akibat dari ulahmu." Sonya menggenggam tasnya dengan gemetar.

"Apa kau ingin membuatku mati?" Sonya bergeming dengan wajah pucat. "Ah, aku juga tau siapa yang menabrak Dhea sore itu. Itu juga ulahmu, bukan?"

"Fitnah!" Sonya berteriak, bibirnya kini bergetar.

"Jika saja aku tidak ingat kau adalah sepupu suamiku, sudah lama aku ingin memenjarakanmu. Aku memiliki semua bukti kejahatanmu, Sonya." Dengan langkah terseok, Sonya mundur beberapa langkah.

"Aku peringatkan dirimu, sekali lagi kau menyentuh Dhea. Aku pastikan hidupmu berakhir di penjara."

Brak!

Pintu terbuka dengan kuat. Mata Farhan memerah, rahangnya mengeras. Ditatapnya Sonya dengan penuh kebencian. Wanita itu mundur dan berhenti saat punggungnya menyentuh dinding kamar.

"Kau iblis!" Dhea menahan Farhan saat tangan laki-laki itu terangkat.

Yasmin berlari mendekati kakak iparnya yang terbaring lemah. Dengan cepat Sonya keluar dari kamar saat perhatian semua orang tertuju pada Siska.

***

"Sialan!" maki Sonya saat dia sudah berada dalam mobilnya.

Dia melajukan mobilnya dengan sangat cepat. Bayangan penjara membuatnya kalap. Sehingga tidak menyadari ada sebuah truk di belakangnya.

Mobil berwarna merah terang itu terjungkal masuk jurang. Jalanan sepi, tidak ada kendaraan lain, selain mobil itu dan truk yang ada di belakangnya.

Pengemudi truk turun, memastikan keadaan. Tangannya mengepal dengan gigi gemerutuk.

"Dasar wanita sundal! Berani-beraninya memerintah dan mengancamku," geramnya.

***

Dhea duduk bersandar pada tembok rumah sakit, dengan kepala Yasmin di pundaknya.

Farhan masih di dalam ruang IGD, Dhea tidak tahu apa yang kini terjadi, sebab hanya satu orang yang boleh menemani pasien.

Dhea bangkit saat melihat Farhan keluar. "Bagaimana, Mas?"

"Masih belum sadar, tekanan darahnya rendah." Farhan duduk di bangku tempat Dhea tadi duduk.

Dhea melihat suaminya iba, kenyataan yang dia terima pasti sangat mengguncang jiwanya. Dia sendiri tidak habis pikir, begitu rendahnya perbuatan Sonya, hanya karena cinta dia rela melakukan apapun. Mengirim teluh bahkan ingin membunuh dirinya.

Farhan menutup wajah dengan kedua telapak tangannya. Bahunya terguncang. Refleks Dhea memeluk tubuh yang kokoh kini rapuh.

"Maafkan aku, Dhe. Kalian harus menderita karena aku."

Dhea diam, sementara air matanya juga jatuh, membasahi rambut Farhan. Tangannya mengelus punggung suaminya, mengatakan jika semuanya baik-baik saja.

"Mbak Sonya!" teriakan Yasmin membuat Farhan dan Dhea menoleh cepat.

***

Farhan melarang Dhea dan Yasmin melihat sepupunya. Dia sudah menghubungi Om dan Tantenya yang tinggal di Semarang. Mereka mengatakan jika besok pagi sudah sampai di desanya.

"Bagaimana, Mas?" tanya Yasmin, meskipun dia sempat kesal pada Sonya karena telah mencelakai kedua kakak iparnya, dia tetap merasa kasihan.

"Besok baru bisa dibawa pulang."

"Apa kata polisi, Mas?"

"Kecelakaan tunggal."

Yasmin masuk ruang IGD, menggantikan Dhea. Farhan melihat Dhea yang keluar dari balik pintu. Mereka saling tatap, raut kelelahan tampak dari wajah keduanya.

Tidak tahan lagi dengan sesak yang ditahannya sedari tadi, air mata Dhea luruh. Tubuhnya jatuh pada pelukan Farhan. Mereka menangis bersama, saling berbagi kesedihan dan menguatkan.

***

Dhea, Farhan dan Yasmin berjalan tanpa kata. Mereka mencari jalan memutar, menghindari jalan yang penuh lumpur. Semalam hujan turun dengan deras, para penggali kuburan sedikit kepayahan menggali makam untuk Sonya.

"Mas, aku mau pulang ke rumah, boleh?" tanya Dhea saat mereka sudah di dalam mobil.

Farhan berpikir sejenak, menimbang keinginan Dhea. "Iya, ajak Yasmin. Nanti malam aku juga menginap di rumah sakit. Ayah sama Bunda pasti di rumah Om Irman."

Mobil berhenti di depan rumah Dhea. Yasmin turun terlebih dahulu.

"Hati-hati, pintu dan jendela jangan lupa dikunci. Kasih kabar kalau ada apa-apa."

Dhea mengangguk, dia melihat jemari tangannya kini berada dalam genggaman Farhan. Meskipun tanpa kata, tetapi mata mereka saling berbicara.

"Wajahmu sedikit pucat, tolong jaga kesehatan, untuk Siska ... juga untukku."

Dhea tersenyum untuk yang pertama kali semenjak mereka menikah. Jika Siska sudah pulang nanti, ingin sekali dia memeluk wanita itu. Begitu banyak kata terima kasih yang ingin dia ucapkan.

'Ya Allah, angkat penyakitnya, sembuhkan dia untuk kami.' Tulus Dhea memanjatkan doa.

Bab 31

Dhea turun dari tempat tidur dengan berat. Dari celah ventilasi, dia melihat langit masih gelap. Dia meraih ponsel yang ada di atas meja belajar. Dengan mata terpejam dia meletakkan ponselnya ke telinga.

"Assalammual'aikum."

Dhea mengerjapkan matanya saat mendengar suara Farhan, dia menangkap suara suaminya parau dan tersendat. Tangannya gemetar, air matanya tumpah. Kakinya tidak mampu lagi menopang tubuh. Dhea terduduk, dengan ponsel masih di telinga.

Malam yang kelam menambah gelap dunianya. Jiwanya bagai dilempar ke dasar jurang. Dhea menepuk-nepuk dadanya, sesak sekali. Siska, wanita berhati baik itu pergi. Belum sempat dia berterima kasih, tetapi Allah telah mengambilnya kembali.

***

Dhea duduk di samping jenazah kakak madunya, menatap wajah yang selalu menampilkan senyum. Tetap cantik meski raga tak lagi bernyawa.

"Mbak Siska masih cantik, Yas. Selalu cantik." Yasmin menggenggam erat tangannya yang gemetar.

Dhea merasakan tubuhnya dipeluk, Yasmin tersedu di pundaknya. Air matanya pun jatuh perlahan. Isakan Yasmin membuat hatinya semakin pilu.

Beberapa pelayat memandangnya, dia tidak peduli apa yang ada di dalam benak mereka. Sungguh dia tidak peduli. Tidak menghiraukan jika ada yang tahu pernikahan siri-nya dengan Farhan.

Di sisi kanannya, Bu Sari membaca yasin dengan tersedu, kadang tangannya menyeka air mata yang seolah tidak bisa berhenti. Dhea melihat dengan mata nanar, betapa sedihnya kehilangan anak semata wayang. Hilang sudah harapan, mereka kini kehilangan penerus.

"Allah, Allah, Allah …." Bu Sari merintih, tubuh tuanya jatuh dalam pelukan Dhea.

Tanah basah itu tertutup kelopak mawar, bunga kesukaan Siska. Dhea berdiri tegar dengan Yasmin di sisi kanannya. Sekuat tenaga dia menahan air matanya.

"Mbak Siska orang baik, Yas. Allah menyayanginya," lirih Dhea seakan berbicara dengan dirinya sendiri.

Dia menoleh saat pundaknya dielus, Farhan berdiri dengan mata yang sembab. Mengangguk, Dhea pun beranjak dari tempatnya. Saat langkah ketujuh, dia menoleh lagi.

'Allah, sayangi kakakku. Aku bersaksi dia orang baik.'

Dengan menyebut asma-Nya, Dhea memantapkan langkah. Meninggalkan Siska yang terbaring bersama segala amal baiknya.

***

Sudah sepuluh hari Siska pergi, selama itu pula Dhea tidak mengunjungi rumahnya. Rio belum bisa pulang karena kesibukannya belajar. Rumahnya sedikit berdebu, tetapi bunga-bunga mataharinya tetap terawat.

"Kang Miswan baik sekali," ujar Dhea, saat sedang mengelap jendela.

Farhan mengerutkan kening. "Baik kenapa?"

"Masih mau merawat bunga-bungaku."

Farhan yang lagi menyapu ruang tamu menjadi menghentikan gerakannya. "Kamu pikir dia yang melakukannya?"

Dhea melihat suaminya yang kesal, dia sadar sudah salah menebak. "Maaf."

Dhea masuk ke kamarnya dengan rasa bersalah, saat dia hendak keluar tubuhnya menabrak Farhan yang berdiri di samping lemari yang terbuka.

Sebuah kotak persegi jatuh dari dalam lemari. Farhan menunduk dan mengambilnya. Dia membaca nama Siska di sudut kanan kotak yang terbungkus kertas kado.

"Apa ini, Dhe?" tanya Farhan pada Dhea yang membereskan isi lemari yang berantakan.

Dhea menoleh sekilas. "Oh, itu kado dari Mbak Siska."

"Kenapa belum dibuka?"

"Belum sempat, Mas. Lagian enggak penasaran lagi, katanya itu baju dinas. Aku juga belum ngajar, 'kan. Masih libur juga."

Farhan duduk di tepi ranjang, sambil tangannya membolak-balik kotak di tangannya.

"Coba dibuka, Dhe. Kalo kebesaran bisa dikecilin."

"Insya Allah, enggak kebesaran. Karena ukuran kami sama." Dhea membuka kertas kado dengan hati-hati. Di depan kotak terdapat sebaris kalimat yang membuat Dhea tersenyum.

"Langsung dicoba, Dhe. Aku yakin kamu cantik memakainya."

Dhea membuka kotak itu, terpana untuk beberapa saat. Kemudian langsung ditutupnya kembali. Senyum yang tadi menghiasi wajahnya kini menghilang dan berubah menjadi kaku.

Dia yakin Farhan juga pasti telah melihat baju yang ada di dalam kotak itu. Sebuah kalimat tertulis di kertas, terselip di lipatan baju yang berwarna merah terang. 'Baju dinas di depan suami'.

Dhea menggigit bibir bawahnya, wajahnya panas. Entah siapa yang memulai duluan, mereka berdua tertawa malu.

Pagi itu, Dhea merelakan segalanya, disaksikan semesta dan para malaikat pun ridho. Mempersembahkan mahkota yang sangat berharga kepada orang yang dia kasihi dan di waktu yang tepat, tanpa harus membuat sebuah hati menjadi cacat.

***

Dhea menatap nisan yang ada di depannya dengan haru. Rindu yang teramat sangat pada wanita berhati bersih. Sebuah tangan kecil menggenggam tangannya.

"Mama Siska cantik, ya, Ma?" tanya putri kecilnya yang kini berusia lima tahun.

"Cantik, sayang. Sangat cantik."

"Cantik mana, Aulia atau Mama Siska?" tanya gadis kecil itu lagi. Dhea dan Farhan tertawa kecil mendengar pertanyaan putri mereka.

"Kamu tau sayang, namamu itu diambil dari nama depan Mama Siska. Itu artinya kalian berdua sama-sama cantik."

Aulia mengembangkan senyumnya, dia mengangkat kedua tangan, Al-Fatihah dia persembahkan untuk wanita yang dia panggil mama.

"Ma, kita jadi ya beliin dedek bayi kado? Tapi kemaren, kata Om Miswan beli kadonya yang banyak," celoteh Aulia saat mereka sudah di dalam mobil.

"Om Miswan bilang begitu?" tanya Farhan dengan alis terangkat.

Aulia mengangguk, matanya membulat, menggemaskan. "Iya, Pa. Tapi habis bilang gitu Om Miswan dijewer sama Tante Rahayu."

Mereka bertiga tertawa bersama, tetapi terhenti saat Dhea meringis kesakitan.

"Kenapa, Ma?" Farhan bertanya khawatir, tangannya mengelus perut Dhea.

"Dedek nendangnya terlalu kuat."

"Mungkin dedek sebel dengar nama Om Miswan." Aulia mendekatkan wajahnya ke perut ibunya yang buncit. "Sama Om Panji kamu seneng 'kan, Dek. Om Panji kan lucu."

Dhea tidak merasakan tendangan dari baby boy-nya, Aulia tersenyum melihat perut mamanya kembali tenang.

"Tuh, Dedek-nya anteng. Itu artinya Dedek suka sama Om Panji." Farhan menarik bibirnya.

"Kalau itu, Mamamu yang suka, Kak." Dhea mencebik melihat tingkah suaminya.

"Idih, sama calon adik ipar, kok cemburu?"

"Cemburu itu apa, Ma?" tanya Aulia yang disambut gelak tawa Dhea.

"Kakak mau es krim?"

"Mau, Pa!"

"Kalo gitu, Kakak diem, ya. Papa lagi nyetir, ntar enggak konsen."

Dhea menutup mulutnya. "Cemburu enggak mau ngaku."

"Mamaaaa …."

Mobil melaju, membelah jalan yang lengang. Langit sangat cerah, cahaya matahari menembus kaca mobil. Dhea memejamkan matanya, membaca surah Ar-Rahman di dalam hati.

Fabiayyi ala irobbikuma tukadziban (maka nikmat Tuhanmu yang mana lagi yang kau dustakan?)

End

❁ Tentang Penulis

Ta-Ra Sunrise adalah nama pena dari Rita Zahara. Kelahiran Palembang, 5 April 1985. Pengagum matahari terbit ini, kini menetap di kota kelahirannya, bersama suami (Tri Wijayani) dan dua putri kecilnya, Shafa Nayyara Wijayani dan Shafira Hanna Wijayani.

www.ingramcontent.com/pod-product-compliance
Lightning Source LLC
LaVergne TN
LVHW040917110526
838202LV00089B/3607